Kiara Singer

Kiara und Alina

Meiner Liebsten

Kiara Singer

Kiara und Alina

Bibliografische Information der Deutschen Bibliothek:

Die Deutsche Bibliothek verzeichnet diese Publikation in der Deutschen Nationalbibliographie; detaillierte Bibliographische Daten sind im Internet über http://dnb.ddb.de abrufbar.

Herstellung und Verlag: Books on Demand GmbH, Norderstedt

Printed in Germany

ISBN-10: 3-8334-9024-1

ISBN-13: 978-3-8334-9024-8

Inhaltsverzeichnis

Am Flughafen

Ein letztes Winken, dann war er endgültig verschwunden. Kiara trocknete ihre Tränen. Langsam schlenderte sie durch die Abflughalle B des Frankfurter Flughafens.

Was sollte sie jetzt tun? Der Mann, mit dem sie in den letzten fünf Jahren zusammen war, hatte sie gerade verlassen.

Jens, ein vielgefragter Software-Architekt, war eben in ein Flugzeug gestiegen, um für mindestens fünf Jahre die Leitung eines großen Bankenprojektes in Sydney zu übernehmen. Eine einmalige Chance, wie er sich ausdrückte. Er hatte sich für das Projekt und gegen sie entschieden.

Kiara kaufte sich die aktuelle ELLE, schaute noch einmal bei Harrods vorbei, um sich dann gleich nebenan einen Cappuccino zu genehmigen.

Sie musste erst einmal zur Ruhe kommen, wieder einen klaren Gedanken fassen. Mit ihren 28 Jahren konnte sie beziehungsmäßig jetzt jedenfalls wieder ganz von vorne anfangen.

Sie begann zu rechnen: „Wenn es gut läuft, dann habe ich mit 30 einen neuen Freund. Wenn es immer noch gut läuft, könnte ich mit 32 verheiratet sein. Dann wäre noch Zeit für ein oder zwei Kinder. Wenn es schlechter läuft, dann wird es schon sehr eng. Wahrscheinlich werde ich mein ganzes Leben lang kinderlos bleiben. Denn wen bekomme ich jetzt noch ab? Die meisten in meinem Alter sind doch längst in einer festen Partnerschaft. Wer mit 28 wieder ganz von vorne anfangen muss, hat es sehr schwer auf dem Beziehungsmarkt."

Kiara nahm einen Schluck aus ihrer Tasse. Erneut musste sie eine Träne trocknen. Es war nicht leicht, in diesen Zeiten sein Leben zu gestalten, zu zahlreich waren die Alternativen und Optionen. Immer dann, wenn man sich für etwas entscheiden wollte, stellte sich gleichzeitig die Frage, ob man dadurch nicht vielleicht etwas verpassen könnte, was noch besser oder größer war.

Ein Paar setzte sich zu ihr an den Tisch. „Ja bitte, die Stühle sind noch frei."

Kiara vertiefte sich in ihre ELLE. „Damit werde ich mich wohl in nächster Zeit etwas stärker befassen müssen. Jetzt heißt es wieder aufrüsten. Die Konkurrenz schläft nicht."

Beispielsweise die Frau ihr gegenüber. Sie hatte einen superknappen Mini an, Stockings, hochhackige Stiefelchen und ein bauchfreies Top. Sie war in etwa so alt wie Kiara selbst.

„Vermutlich fliegen die beiden in den Süden", dachte sie so vor sich hin, um sich dann aber gleich wieder ihrer Zeitschrift zu widmen.

„Wie gefällt dir die?" fragte der Mann.

„Die ist süß!", war die Antwort.

„Finde ich auch."

Der Mann war deutlich älter als seine Begleiterin. Kiara schätzte ihn auf vielleicht 50 Jahre. Er war sehr elegant gekleidet. Ein Lächeln huschte über Kiaras Gesicht: „Ein Paar wie Richard Gere und Julia Roberts", dachte sie. „Er der erfolgreiche Geschäftsmann, sie das leichte Mädchen."

Die junge Frau im knappen Mini kramte in ihrer Tasche und holte eine Packung Zigaretten heraus. „Entschuldigen Sie, haben Sie Feuer?"

Kiara brauchte einen Augenblick, um zu begreifen, dass ihr die Frage galt.

„Nein, es tut mir leid, ich rauche nicht."

„Oh, schade. Und sie haben wirklich kein Feuer? Glaube ich nicht."

Kiara hob ihren Kopf und blickte irritiert in zwei sie offensiv anschauende Augen.

„Ich bin mir ganz sicher, dass du Feuer hast. Wetten?“

Eine leichte Röte legte sich auf Kiaras Wangen.

Die junge Frau im Minirock ergriff ihre Hand.

„Süße, ich wollte dich nicht verunsichern. Ich will ganz offen zu dir sein. Du gefällst mir. Wir wohnen hier im Sheraton. Hast du Lust und Zeit, uns ein wenig auf unser Zimmer zu begleiten.“

Kiara zog ihre Hand erschrocken zurück.

„Es würde dir gefallen, ich weiß das.“

„Und was würde mir gefallen?“

„Hast du mal mit einer Frau gespielt?“

Kiaras Gesicht lief nun richtig rot an.

„Nein.“

„Ich würde dir alles zeigen. Wir beide lassen es uns gut gehen und mein Mann schaut zu. Hm?“

Spätestens jetzt wäre Kiara am liebsten fluchtartig davongelaufen, aber sie hatte ja noch nicht einmal die Rechnung gezahlt.

„Trau dich einfach, Süße. Das Leben ist zu kurz, um keinen Spaß zu haben.“

Nun hatte sie einen empfindlichen Nerv getroffen. Genau darüber hatte ja Kiara erst vor wenigen Minuten nachgedacht. Es könnte leicht sein, dass ihre nächsten Jahre arm an Sex sein würden. Bislang war sie ohnehin erst mit fünf verschiedenen Männern im Bett gewesen. Wirklich befriedigt hatte sie der Sex noch nie, denn immer blieb eine große Sehnsucht zurück. Und nun bot ihr diese Frau offenkundig ein ganz neues Erlebnis an.

„Ich habe überhaupt keine Erfahrungen mit Frauen, daran gedacht habe ich schon einmal. Wie würde das denn ungefähr ablaufen? Ich will mich ja auch nicht dumm anstellen.“

„So gefällst du mir schon besser. Süße, mache dir darüber bitte keine Gedanken. Wegen mir musst du gar nichts tun. Überlasse einfach mir die Initiative. Ich schlafe gerne mit Frauen. Ich vernasche sie auch gerne einfach nur. Es ist ein schönes Gefühl, wenn eine unter meinen Händen oder meiner Zunge kommt. Was meinst du?“

In Kiara stieg ein Gefühl der Wärme auf.

„Ich sehe doch deine Erregung, Süße, mir kannst du nichts vormachen.“

Sie ergriff erneut Kiaras Hand. „Komm, lass uns aufbrechen. Mein Mann übernimmt die Rechnung und kommt dann in 10 Minuten nach. Dann können wir uns schon mal ein bisschen anfreunden. Ja?“

Sie stand auf, nahm Kiaras Hand, und diese folgte ihr, ohne weiteren Widerstand zu leisten.

„Du bist noch sehr schüchtern. Ich mag das. Ich mag es ohnehin sehr gerne, eine Frau zum ersten Mal zu verführen, sie für die Liebe mit Frauen zu gewinnen. Das ist für mich der höchste Genuss. Du wirst sehen, ich werde dich süchtig machen. Aber weil du noch so schüchtern bist, ist es gut, wenn wir zunächst ein paar Momente für uns haben. Wenn du erst einmal deine Kleidung abgelegt hast, wird alles ganz einfach sein. Wir Frauen sind uns doch viel näher. Ich heiße übrigens Lisa. Und du?“

„Kiara.“

Lisa gab Kiara einen flüchtigen Kuss.

Im Zimmer angekommen zogen sie sich rasch aus und machten sich im Bad gemeinsam frisch. Dann küsste Lisa Kiara auf den Mund, während sie gleichzeitig mit deren Brustwarzen spielte, was Kiara sehr erregte und schon bald sehr feucht werden ließ.

In der nächsten Stunde liebten sich die beiden Frauen, wobei Kiara fast immer der passivere Part war. Zweimal erreichte sie ihren Höhepunkt.

Lisas Ehemann war irgendwann unbemerkt ins Zimmer zurückgekehrt und hatte den größten Teil des Liebesspiels der beiden Frauen beobachtet.

Als Kiara ihn im Sessel sitzen sah, schämte sie sich zunächst.

„Süße, du musst nicht verlegen werden. Mein Mann kennt das alles. Ihm macht es Spaß, mir und anderen zuzusehen. Wenn du willst, macht er auch mit, aber nur, wenn du auch wirklich Lust dazu hast."

„Ach darum ging es. Das sollte jetzt nur das Vorspiel sein. Du solltest mich ködern, oder?"

„Süße, nun hab dich nicht so. Du kannst jederzeit gehen. Es steht dir frei. Ich wollte nur ein paar schöne Momente mit dir verbringen. Sieh nicht überall das Schlechte. Versuche herauszufinden, wo deine Lust ist, und dann stehe auch dazu. Ich glaube, ich weiß viel eher, wo deine Lust ist, als du selbst, kann das sein?"

„Und wo ist meine Lust?"

„Oh, ich glaube, du brauchst Beherrschung. Du möchtest geführt und angefasst werden. Andere sollen etwas mit dir anstellen, dir sagen wo es lang geht. Das denke ich."

Kiara spürte die Erregung zwischen ihren Beinen. „Vielleicht. Ich habe häufiger solche Phantasien vor dem Einschlafen. Aber ich würde mich nie trauen."

„Du musst dich ja auch nicht trauen." Lisa nickte kurz ihrem Ehemann zu, woraufhin dieser verschwand, um gleich darauf mit einer paddelförmigen Peitsche zurückzukehren.

„Du kleines verdorbenes Luder. Was habe ich eben gesehen? Du hast dich von meiner Frau verwöhnen lassen, ohne es ihr gleich zu tun. Los, lecke sie. Und mit diesen Worten knallte die Peitsche auf Kiaras Po. Kiara schreckte auf, aber sie gehorchte. Sie versenkte ihren Kopf zwischen den Beinen der jungen Frau, während ihr Ehemann sie mit regelmäßigen Peitschenhieben anspornte. Lisa packte Kiara an den Haaren, um ihren Kopf zu lenken. Dabei gab sie ihr präzise Anweisungen, was zu tun sei.

Als sich die junge Frau langsam ihrem Höhepunkt näherte, drang ihr Ehemann unvermittelt von hinten in Kiara ein. Nun leckte Kiara im Rhythmus seiner Bewegungen. Bald hörte sie Lisa unter den weiterhin regelmäßigen Bewegungen ihrer Zunge mehrfach kommen.

Das Spiel der Dreien setzte sich noch für eine weitere Stunde in unterschiedlichen Kombinationen und Stellungen fort, wobei die beiden meist die dominante Rolle übernahmen und Kiara die gebende. Schließlich blieben sie erschöpft im Bett liegen.

Lisa rauchte eine Zigarette.

„Und, bereust du es schon?"

„Nein, kein bisschen. Whow! Ich komme mir vor, als wäre ich gerade entjungfert worden."

Die beiden lachten.

„Bist du ja auch, Süße. Es ist sehr befreiend, wenn man die Sexualität findet, die zu einem passt. Wir beide lieben uns, wir passen aber sexuell nicht besonders gut zusammen, denn wir sind beide dominant. Wir brauchen also immer jemanden wie dich, um wirkliche Erfüllung zu finden, wenn du verstehst was ich meine. Ganz besonders schön ist es natürlich, wenn wir wie heute jemanden erstmalig verführen können. Nun wird es für dich kein Zurück mehr geben."

„Ah ja, das ist interessant. Das habe ich nicht gewusst. Ich denke, jetzt verstehe ich euch besser."

„Für dich dürfte es sehr leicht sein, einen passenden Sexualpartner zu finden. Es gibt sehr viele dominante Männer und Frauen, die eine devote Sexualpartnerin suchen. Du musst dich nur finden lassen, das ist alles. Begnüge dich nicht mit schlechtem Sex, wenn du guten haben kannst."

Kiara schaute kurz auf die Uhr.

„Musst du weg?"

„Ja, irgendwann schon."

„Irgendwann? Wir freuen uns immer, wenn wir wieder eine Süße verdorben haben. Und ich glaube, wir haben dich restlos verdorben. Oder vielleicht doch noch nicht ganz?“

Kiara schaute schweigend vor sich hin. Sie wusste nicht, ob sie noch etwas bleiben oder besser gehen sollte.

„Du überlegst? Ich werde dir ein wenig die Entscheidung abnehmen. Das scheint man bei dir immer tun zu müssen. Schatz, bring mir doch gerade mal meinen Vib.“

Lisas Ehemann kam mit einem überdimensionierten Vibrator zurück.

„So Süße, nun lehne dich mal an meinen Göttergatten an und den Rest mache ich. Du wirst erst gehen, wenn du dieses Ding komplett geschluckt hast.“

Kiara schaute etwas ungläubig. Aber sie tat, was ihr befohlen wurde.

„So, ziehe deine Beine etwas an und spreize sie dabei möglichst weit.“

Derweil ergriff Lisas Ehemann Kiaras Nippel und begann mit ihnen auf für sie unwiderstehliche Weise zu spielen. Er machte sie völlig wehrlos. Lisa führte den vibrierenden Vibrator millimeterweise in sie ein, bis er schließlich fast ganz in Kiaras Scheide verschwunden war. Dabei kam Kiara noch drei weitere Male. Am Ende blieb sie restlos befriedigt auf dem Bett liegen.

„So nun muss ich aber wirklich weg. Es war sehr schön mit euch beiden. Ich denke, ich habe euch viel zu verdanken. Dabei fing der heutige Tag richtig beschissen für mich an. Mein Freund hat sich nämlich von mir verabschiedet, weil er für fünf Jahre einen Job in Sydney angenommen hat. Ich saß nur deshalb im Café, weil ich sehr traurig war. Wir haben keinen Sinn darin gesehen, die Beziehung über diese Entfernung noch weiter fortzusetzen, also haben wir uns gleichzeitig offiziell getrennt.“

Dann nach einer kleinen Pause: „Aber er hätte sicherlich nicht gedacht, dass ich schon mit anderen im Bett lande, bevor seine

Maschine überhaupt abgehoben hat. Ich scheine wirklich sehr verdorben zu sein."

„Aber war er denn deiner überhaupt würdig? Du bist eine sehr hübsche Frau mit sehr viel Sex und Sehnsucht. Ein Mann muss die auch stillen können. Kann er das nicht, ist er nicht der Richtige."

„Ich denke noch einmal darüber nach. Vielen Dank jedenfalls für eure Zeit."

„Wir haben dir zu danken."

Kiara verschwand im Bad. Nach einiger Zeit kehrte sie zurück und zog sich an.

„Da fällt mir ein: Ich möchte nicht unhöflich sein, aber ich kenne eure Namen nur zum Teil."

„Damit sollten wir es auch belassen."

„Ok, wenn euch das so lieber ist. Also vielen Dank noch einmal. Macht es gut."

Sie küssten sich ein letztes Mal und dann machte sich Kiara auf den Weg. Mit raschem Schritt näherte sie sich dem Tiefbahnhof, um sich mit der S-Bahn in die Frankfurter Innenstadt befördern zu lassen. Sie war jetzt sehr energiegeladen und voller Tatendrang. Sie beschloss sich und ihr sexuelles Verlangen finden zu lassen, so wie es ihr das Paar geraten hatte. Vor dem Bahnsteig öffnete sie ihre Handtasche, um etwas Kleingeld für die Fahrkarte herauszunehmen. Sie traute ihren Augen nicht. Direkt neben ihrem Handy lagen zehn 100 Euro-Scheine, die sich vor wenigen Stunden an dieser Stelle noch nicht befunden hatten.

Kiara wusste nicht, ob sie lachen oder weinen sollte. Dann entschied sie sich, die Sache mit Humor zu nehmen: „Mein Freund hat mich heute verlassen, um einen Job in Sydney anzunehmen. Und noch bevor sein Flugzeug den Frankfurter Flughafen verlassen hat, bin ich zur Nutte geworden. Offenbar war er es immer, der in unserer Beziehung für Moral gesorgt hat. Nun ist da keiner mehr."

Du hast Post

Kiara war ratlos. Schon während ihres Studiums hatte sie einige Artikel in verschiedenen Zeitschriften platzieren können. Seit einem Jahr war sie als freie Journalistin für verschiedene Presseagenturen und Verlage tätig und sie hatte den Eindruck, sich langsam einen Namen zu machen. Erst vor wenigen Wochen hatte sie einen vielbeachteten Artikel über Hedwig Dohm veröffentlicht, den sie vielleicht einmal zu einem ganzen Buch erweitern könnte. Sie war jetzt 28 Jahre alt, hatte schon viel erreicht, und dennoch nagte der Zweifel an ihr. Ihre Zeit mit Jens war nicht unglücklich gewesen. Im Gegenteil, viele ihrer Freundinnen und Bekannten hatten sie um Jens, den schlanken und etwas linkischen, aber immer sehr intellektuell wirkenden Mann beneidet. Jens hatte sie stets zuvorkommend und völlig gleichberechtigt behandelt, sie konnte sich weiß Gott nicht über ihn beklagen. Und doch hatte sie etwas in ihrer Beziehung vermisst, was ihr schon seit mehreren Jahren zu schaffen machte und was seit einiger Zeit immer unverhohlener von ihr Besitz zu ergreifen drohte.

Mit Jens konnte sie darüber nicht sprechen, für so etwas hatte er keinerlei Verständnis. Vielleicht hätte er sie dann sogar verlassen. Aber das war es eigentlich nicht. Viel entscheidender für sie war die Erkenntnis, dass er nicht der Mann dafür war und auch niemals hätte werden können.

Sie erinnerte sich: an einem Abend nach einer feucht fröhlichen Party hatte sie sich ihrer Freundin Miriam anvertraut. Das heißt, von Anvertrauen konnte eigentlich keine Rede sein, sie hatte lediglich ein paar Andeutungen gemacht, was ihr manchmal – nicht wirklich, aber eben doch manchmal – so durch den Kopf gehen würde. Nicht dass es wichtig sei oder sie belaste, aber gelegentlich hätte sie solche Gedanken.

Im Nachhinein hatte sie es bereut, überhaupt etwas gesagt zu haben, denn Miriam reagierte mit völligem Unverständnis. Vielleicht war es auch nicht der richtige Zeitpunkt oder es war der Alkohol, der ein ernsthaftes Gespräch an diesem Abend erst gar nicht ermöglichte. Jedenfalls schüttelte Miriam damals nur den Kopf und meinte: „Das ist doch jetzt wohl nicht dein Ernst, oder? Und wie passt das zu deinen Artikeln zur Frauenbewegung und dem Gender Mainstreaming?“ Und dann lachte sie kurz auf. Kiara hatte nur geantwortet: „Ach vergiss es wieder, ein paar Gläser Sekt weniger hätten es wohl auch getan. Ich habe momentan nur komische Gedanken.“ Damit war das Thema für beide beendet und Kiara schwor sich, nie wieder davon anzufangen.

Kiara setzte sich an ihren PC.

Sie rief erneut die Anzeige auf. Sie hatte den Text vielleicht schon zwanzig Mal gelesen, und doch hatte er noch nichts von seinem Reiz verloren. Vor allem der folgende Satz hatte es ihr angetan:

„Dich erwartet eine bedingungslose Ausbildung zur Lustsklavin. Mir und anderen Vergnügen zu bereiten wird für dich das Höchste sein.“

Sie musste an diese wenigen Zeilen nur denken, um ein unstillbares Bedürfnis zu verspüren, sich auf der Stelle zu befriedigen. Irgendetwas daran ließ sie nicht mehr los. Kiara schlug ihren Rock hoch und richtete sich kurz auf, um sich ihres Slips zu entledigen. Nachdem sie es sich ein paar Mal gemacht hatte, konnte sie endlich wieder einen klaren Gedanken fassen.

Es hatte auch Vorteile, nun allein zu sein, das spürte sie schon wenige Tage nach ihrer Trennung. Draußen war es warm, und sie beschloss, ihren Slip nun erst einmal im Schrank zu lassen. Wann immer sie wollte, konnte sie ja nun ganz ungestört und ungehemmt ihrer Lust nachgehen.

Kiara rief ihren Email-Account auf, den sie erst vor wenigen Tagen bei Web.de eingerichtet hatte. Sie schämte sich. „Hoffentlich wird nie jemand dahinter kommen, was ich hier mache“, sagte sie zu sich selbst. „Eine eigene Email-Adresse, nur um meinen Phantasien nachzugehen! Jeder andere würde mich für total bescheuert, für hormongesteuert oder pervers halten.“

Aber spätestens seit ihrem Erlebnis im Sheraton am Flughafen war es fast wie ein Zwang für sie.

Sie hatte vor drei Tagen etwas Schlimmes gemacht: Sie hatte geantwortet. Sekunden nachdem sie auf „Senden" geklickt hatte, hätte sie sich am liebsten geohrfeigt, alles wieder rückgängig gemacht. Und sofort beschlossen, auf Antworten nicht mehr zu reagieren. Aber damit rechnen solche Männer wahrscheinlich sowieso, hatte sie sich beruhigt. Um dann aber doch noch einmal den Anzeigentext aufzurufen, den Browser zu schließen, ihn erneut zu öffnen, den Verlauf zu leeren, eine Prozedur, die sie schon fast mechanisch ausführte, und die noch aus der Zeit mit Jens stammte. Auch damals hatte sie schon gelegentlich solche Anzeigen gelesen, woraufhin sie dann an Jens vorbei ins Badezimmer stolzierte, um es sich dort zu machen. Sie war dann immer sehr leise.

Sie schmunzelte: Das konnte sie nun alles viel einfacher haben.

Sie hatte Post. Ihr stockte der Atem. Bestimmt nur so ein Werbe-Mail. Doch in der nächsten Sekunde schlug ihr Herz bis in den Hals: In ihrem Eingangskorb befand sich eine Antwort.

„Natürlich eine Antwort. Solche Gelegenheiten wird sich so ein Mann doch nicht entgehen lassen!"

Nur rein interessehalber klickte sie die Nachricht an und las einen erstaunlich unverfänglichen, ja sogar ausgesprochen seriösen Text:

„Liebe Kiara, danke für deine Antwort. Wenn du möchtest, kannst du mich anrufen, meine Nummer habe ich unten angehangen. Ich befürchte aber, dies ist dir zu unsicher oder vielleicht auch zu peinlich.

Ich mache dir einen alternativen Vorschlag: Zurzeit ist das Wetter sehr angenehm. Ich werde morgen (Freitag) zwischen 14 und 15 Uhr auf der Terrasse des Cafés vom Museum für Kommunikation in Sachsenhausen auf dich warten. Ich bin großgewachsen, habe dunkle Haare, bin 45 Jahre alt, trage legere Businesskleidung und werde die FAZ und die ZEIT lesen. Wenn du Interesse hast und ich dich nicht abschrecken sollte, dann komm einfach an meinen Tisch und frag mich: ‚Ist dieser Platz hier noch frei?' Alles Weitere werden wir dann sehen. Natürlich bist du eingeladen.

Allerdings habe ich eine Bitte: Wenn es für dich vorher schon abzusehen ist, dass du den Termin nicht wahrnehmen willst oder kannst oder wenn doch, dann nur zu einem anderen Zeitpunkt oder an einem anderen Ort, dann sei bitte so fair, und schicke mir rechtzeitig eine Mail. Ich werde meine Post noch einmal um 13 Uhr checken. Bist du so lieb, dich daran zu halten?

Ich freue mich darauf, dich morgen kennenzulernen,

Mark"

Kiara war verblüfft. Damit hatte sie nicht gerechnet. Die Vorstellung, sich mit einem Mann zu einem solchen Thema tagsüber in einem Museumscafé, umringt von Kultur, Müttern und spielenden Kindern, zu treffen, gefiel ihr. Stärker hätten die Gegensätze eigentlich kaum sein können. Jedenfalls schien dieser Mann Wert darauf zu legen, dass sie sich bei einem ersten Treffen sicher fühlte. Sie beschloss ihre Absage erst am morgigen Vormittag zu versenden.

Bei Mark

Im Museumscafé

Gegen Viertel vor drei betrat Kiara die Vorhalle des Museums für Kommunikation. Sie trug eine Sonnenbrille, eine sommerliche Bluse, einen kurzen schwarzen Rock, einen Strapsgürtel, schwarze halterlose Strümpfe, Stiefeletten und im Arm eine Jeans-Jacke. Sie blieb an einem Büchertisch stehen, um scheinbar interessiert die Auslage zu bewundern. Dabei hob sie ihre Augen, um ihren Blick über die Terrasse schweifen zu lassen. Am hinteren Ende, auf einem kleinen Plateau und fast mitten im Grün, saß ein Mann, auf den die Beschreibung hätte passen können. Auf seinem Tisch lagen mehrere Zeitungen. Sie erschrak, der Mann schien sie genau zu fixieren. Sie löste sich vom Büchertisch, um zunächst den Eingangsbereich des Cafés zu betreten. Bei diesen sommerlichen Temperaturen waren die meisten Innentische unbesetzt, ihr ziel- und ratloses Auftreten fiel also nicht weiter auf. Sie bestellte sich am Tresen einen Latte Macchiato.

„Werden Sie sich nach draußen setzen?“, fragte die Bedienung. Die junge Frau hätte eine Studentin sein können.

„Ja, ich glaube schon.“

„Dann wählen Sie bitte ein Städteschild, ich bringe Ihnen Ihr Getränk nach draußen.“

Nun gab es wohl kein Zurück mehr. „Wenn ich jetzt nach draußen gehe, kann ich mich bestenfalls noch verleugnen“, dachte sie für sich. Sie war sich sicher, der dort sitzende Mann hatte sie längst enttarnt.

Sie gab sich einen Ruck, entschied sich für ‚Dubai‘ und machte sich auf ihren Weg ins Verderben. Auf der Terrasse angekommen schaute sie kurz nach links – jetzt während der Urlaubszeit und um diese Uhrzeit waren nur ganz wenige Tische besetzt – und ging dann schnurstracks auf den Mann zu, der Mark sein musste. Sie sagte den vereinbarten Erkennungsspruch auf.

Der Mann lächelte, erhob sich von seinem Tisch und reichte ihr die Hand: „Aber sicher. Hier ist noch alles frei. Ich darf mich vorstellen, Mark. Es freut mich, dass du gekommen bist."

Kiara hätte fast aufgelacht, weil sein Schlusssatz auch sexuell interpretierbar war. Innerlich sah sie das als Anzeichen dafür an, wie unausgefüllt sie bereits war und selbst über diese inneren Worte begann sie ob ihrer Mehrdeutigkeit zu grübeln. So konnte es wirklich nicht mehr mit ihr weitergehen.

Kiara erwiderte seinen Händedruck. „Hallo. Und ich bin die Kiara."

Er rückte ihr einen Stuhl zurecht und ließ sie sich setzen. „Ich sehe, du hast dir schon etwas bestellt. Ich vermute mal, du hast zum ersten Mal auf eine solche Anzeige geantwortet."

„Woher willst du das wissen? Strahle ich eine solche Unerfahrenheit aus?"

„Nun, ich hatte eine Zeit von 14 bis 15 Uhr genannt, kurz vor Ablauf der Frist tauchst du im Museum auf, druckst erst einmal am Büchertisch herum, um dich dann doch noch zu erkennen zu geben. Ich denke, du kämpfst zwischen deiner Angst, deiner Moral und deiner Lust."

„Danke, für die treffliche Analyse meiner Person." Sie überlegte aufzustehen, doch just in diesem Moment öffnete sich die Terrassentür und die Kellnerin brachte ihren Latte. „Darf es für Sie auch noch etwas sein?", fragte sie Mark. Er entschied sich für einen Espresso.

„Ich mache dir einen Vorschlag. Die Sonne scheint und es ist sehr angenehm hier draußen. Wir genießen einfach ein wenig den Moment und reden über ganz belanglose Dinge, also nichts, was uns gegenseitig irritieren könnte. Du gefällst mir vom Typ her sehr, eine junge hübsche Frau, die nicht auf den Kopf oder Mund gefallen ist. Ich habe in der Nähe meinen Wagen geparkt.

Wenn ich dir vom Typ her auch zusagen sollte, dann werden wir gleich zusammen zu meiner Villa fahren. Ich sage das auch deshalb, weil wenn du dich noch nie auf so etwas eingelassen hast, dann können wir hier noch Stunden sitzen und reden und du wirst deine Ängste nie überwinden. Man kann so etwas nicht theoretisch behandeln und nur durchdenken. Wenn deine Ängste nicht viel größer als deine Lust sind, dann lass dich einfach mal darauf ein, ich verspreche dir, du wirst es nicht bereuen. Ok?“

Kiara schaute kurz in seine Augen und dann immer wieder über den Garten, der sich direkt an die Terrasse anschloss. Ihr Blick wanderte unruhig hin und her. Kein Zweifel, dieser Mann zog sie an. Ganz anders als Jens strahlte er sehr viel Sicherheit und Souveränität aus, aber genau das machte ihr auch wiederum Angst. Was wenn er ihre Unsicherheit nur ausnutzte, mit ihr spielte wie ein Kater mit einer Maus. Doch im nächsten Moment gingen ihr wieder ihre Phantasien durch den Kopf, oder das, was allein schon der kurze Anzeigentext bei ihr in den letzen Tagen ausgelöst hatte. Sie würde sich selbst hassen, wenn sie gleich wieder zu Hause vor ihrem PC sitzen würde und nicht wüsste, wohin mit ihrer Lust.

Sie erzählte ihm von ihrem Wunsch, Schriftstellerin zu werden.

Die Terrassentür schwang auf und es kam der Espresso für ‚Beirut'.

„Kann ich bitte zahlen? Hattest du deinen Latte schon drinnen bezahlt, Liebling?“ Die Anrede haute sie fast um. „Nein, noch nicht“.

Während Mark die Rechnung beglich, hörte sie sich „ok“ sagen. Die Kellnerin schaute sie kurz verwundert an, setzte den Abrechnungsvorgang dann aber ohne Unterbrechung fort. Als sie wieder im Inneren des Cafés verschwunden war, packte Mark Kiara fest am Handgelenk und bat sie aufzustehen.

„Es freut mich, dass du dich entschieden hast.“ Und mit diesen Worten, den Griff nicht lockernd, schob er sie aus dem Café. Erst wollte sie noch protestierten, was ihr aber nichts nützte, denn er zog sie – zur offenkundigen Irritation der Kellnerin – einfach hinter sich her. Schließlich gab sie ihren Widerstand auf, auch um weitere Peinlichkeiten zu vermeiden. Fast willenlos ließ sie sich von ihm zu einem in einer Seitengasse parkenden S-Klasse-Mercedes führen. Im Wagen legte er eine Hand in ihren Nacken, die andere zwischen ihre Oberschenkel: „Keine Angst, du bist noch sehr unsicher. Deshalb wirst du ja zunächst erzogen. Aber ein wenig scheinst du dich auch jetzt schon zu fügen, das gibt Hoffnung."

Die Villa

Mark ließ den Wagen langsam durch ein sich schon von weitem zu öffnendes stählernes Tor gleiten, um nach einer kleinen Auffahrt vor einem separaten Garagengebäude anzuhalten. In der Ferne schloss sich das Eingangstor mit einem knarrenden Geräusch.

Im Zentrum des Geländes befand sich eine elegante Villa, an deren Terrasse sich ein großer wolkenförmiger Pool anschloss. Die Luft durchdrang ein Duft von Rosen, die das gesamte Gründstück zusammen mit einer vielleicht drei Meter hohen Mauer und zahlreichen Bäumen umstellten.

Mark führte sie über einen kleinen Gartenweg und ein paar Stufen, dann durch einige Türen, bis sie schließlich in einem großzügig bemessenen Wohnzimmer mit Parkettboden, großer Sitzecke, ganz viel Unterhaltungselektronik und einer futuristisch anmutenden Bar einkehrten.

„Darf ich dir deine Jeansjacke abnehmen?"

Sie ließ die Jacke von ihrer Schulter gleiten.

„Ach ja, und deinen Rock und deinen Slip gibst du mir bitte auch."

Kiara errötete. „Wollten wir uns nicht erst unterhalten? Ich meine, wir haben doch noch gar nicht geklärt, was wir uns so vorstellen."

„Darum geht es ja. Aber man kann sich mit Frauen nicht unterhalten, wenn ihre Öffnungen nicht frei zugänglich sind. Und ich habe keine Lust meine Zeit zu vertrödeln, während du mir etwas vormachst. Also kann ich jetzt den Rock und den Slip haben?“

Kiara gehorchte, auch wenn ihr eine innere Stimme etwas ganz anderes riet.

Mark ergriff ihre Hand und bat sie sich zu setzen. Sie nahm auf einer großen schwarzen Ledercouch Platz, lehnte sich nach hinten und schlug die Beine übereinander.

„So haben wir nicht gewettet. Setz dich bitte anständig hin und zwar so, dass du mir jederzeit deine Fotze präsentierst. Ach und bitte knöpfe deine Bluse noch auf, ich möchte schließlich sehen, was du mir zu bieten hast.“

Nach einer Pause: „So, nach dem du nun endlich bereit zu sein scheinst: Warum hast du auf meine Anzeige geantwortet? Warum sollte ich mich mit dir beschäftigen?“

Kiara begann von ihrer Beziehung mit Jens zu berichten, von ihren Wünschen und unerfüllten Sehnsüchten.

„Ich habe dich nicht darum gebeten, mir von deinen Ex-Lovern zu erzählen. Was möchtest du von mir? Ach und achte ein wenig auf deine Schenkel. Vielleicht fällt es dir leichter, wenn du sie gleich ein weniger stärker spreizt.“

Mit diesen Worten beugte er sich nach vorne und drückte ihre Knie auseinander. Nun zeigte sie sich ihm in voller Pracht.

„Und deine Bluse könntest du auch etwas mehr öffnen. Besser noch: Zieh sie gleich ganz aus, das steht dir ohnehin besser.“

Sprachs, um mit einer raschen Handbewegung ihre beiden Brüste freizulegen, kurz abzugreifen und abzuschätzen.

Kiara versuchte sich zu sammeln und begann – nun weitestgehend entblößt – erneut: „Mein Freund hat fast jeden Tag mit mir geschlafen. Er war zärtlich und ist auf mich eingegangen, aber ich habe mich nicht getraut, meine wirklichen Wünsche zu äußern.“

„Und die wären...“ Marks Stimme wirkte ungeduldig.

„Ich träume ständig davon, einfach nur genommen zu werden, Besitz zu sein, jemandem zu gehören, seine Sklavin zu sein, mich hinzugeben.“

„Was heißt Sklavin sein für dich?“

„Na ja, wie schon gesagt. Also ich möchte schon eine selbständige und emanzipierte Frau sein. Aber beim Sex möchte ich jemandem gehören. Er soll alles mit mir machen können.“

„Das genügt mir nicht.“

„Wie meinst du das? Soll ich meinen Beruf aufgeben, um dir zu dienen, dir alles hinterher tragen? Muss ich dich immer mit ‚Herr‘ anreden? Du hast doch geschrieben, dass für dich auch eine Sklavin in Frage kommt, die dir nur zeitweise zur Verfügung steht. Zu mehr würde ich mich im Moment nicht trauen.“

Mark schmunzelte: „Nein, das meinte ich nicht. Ich finde es schön, wenn eine Frau einen eigenen Kopf hat und auch beruflich ihre eigenen Wege geht, sie immer wieder wie ein Vogel davonfliegt. Umso schöner ist es, sie dann wieder einzufangen und zu dominieren, zu unterwerfen, zu beherrschen und zu benutzen. Auch finde ich es eher peinlich, mit ‚Herr‘ angeredet zu werden. Aber mir reicht das mit dem Besitz nicht.“

„Sondern?“

„Eine Sklavin ist mein Eigentum.“

„Ja und? Besitz, Eigentum, ist das nicht das Gleiche? Das sind doch nur Worte!“

„Oh nein, Liebling. Dieses Haus hier gehört mir und ich kann damit machen was ich will, ich könnte es zum Beispiel abreißen lassen. Ich könnte es aber auch an jemanden vermieten. Dann bin ich nur noch der Eigentümer und jemand anderes schlägt die Nägel in die Wände. Als meine Sklavin wärst du mein Eigentum. Ich kann mit dir machen was ich will, weil du mein Besitz bist. Zusätzlich kann ich dich vermieten, verleihen, verkaufen, verschenken, tauschen."

„Ich soll für dich anschaffen gehen, ist es das was du willst? Hast du auf diese Weise dieses Haus finanziert?"

Mark lachte auf. „Keine Sorge, ich verdiene mein Geld mit ganz normaler Arbeit. Es gibt einige Personen, mit denen ich schon seit Jahren eng befreundet bin und zusammenarbeite. Diese dürften dich ganz selbstverständlich mitbenutzen und dich in dem Rahmen, wie wir das untereinander abgestimmt haben, weiteren Personen zur Verfügung stellen. Gute Freunde teilen ihre Sachen halt untereinander. Bei anderen mag auch schon mal Geld fließen, aber nur, weil mir das einen Kick gibt. Und so wie ich dich einschätze, dir auch. Und wenn mir jemand einen Gefallen getan hat, dann kann es sein, dass ich dich ihm zur Verfügung stelle, für ein paar Stunden oder auch mal das ganze Wochenende. Meine Freunde sind aber fast alle eher aktiv und dominant, denen geht es meist um Unterwerfung und nicht um sich großartig bedienen zu lassen, die meisten werden dich wie eine willige und verfügbare Stute behandeln."

Kiara dachte über seine Worte nach und musste ihm insgeheim beipflichten, denn sie spürte, wie sie bei seinen Worten immer feuchter wurde. Wenn sie all diese Sachen tun musste, weil es es ihre Aufgabe war, trug sie keine Verantwortung und konnte sich ganz ihrer Lust hingeben. Dennoch schämte sie sich insgeheim dafür. Sie hatte sich immer für eine starke und selbstbewusste Frau gehalten und nun sollte sie das Sex-Spielzeug fremder Männer sein, die sie nach Belieben unterwerfen und benutzen würden?

Mark fuhr fort: „Aber lass es uns mal versuchen. Du bist eine intelligente junge Frau und damit bringst du beste Voraussetzungen für eine Sklavin mit. Außerdem macht es viel mehr Spaß, eine solche Frau zu unterwerfen."

Mit diesen Worten packte er ihre beiden Handgelenke und zog sie mit überlegener Kraft neben sich her, bis in einen Nachbarraum hinein, wo er sie mit sanfter Gewalt auf eine mit einem

Laken bedeckte Liege ablegte. Kiara schlug das Herz bis in den Hals hinauf. Sie rang nach Luft. Sie wollte nicht vergewaltigt werden.

Langsam entspannte sie sich wieder. Sie hatte sich ja darauf eingelassen und nun war es wohl zu spät, dem Spiel noch Einhalt zu gebieten. Er ließ ihre Handgelenke los und legte ihr eine Augenbinde an. Sofort umfassten seine Hände wieder ihre Unterarme. Sie wehrte sich nicht, doch ihr Atem ging schwer. Er lockerte seinen Griff, um gleich darauf an ihren Handgelenken Ledermanschetten anzubringen, erst am linken, dann am rechten. Und schon bald griff er wieder irgendwo hin und wenig später spürte sie, wie ein Stück Leder um ihren Hals gelegt und geschlossen wurde. Sie schluckte. Insgeheim war sie neugierig, wie ihr wohl das Halsband stehen mochte. Mit einem kräftigen Ruck nahm er wieder ihre beiden Handgelenke, zog sie ihr hinter ihren Kopf und dann hörte sie auch schon Verschlüsse zuschnappen. Als er los ließ, bemerkte sie, wie gering der Spielraum ihrer Arme nur noch war. Sie erschrak. Nun konnte sie nicht einmal die Augenbinde entfernen, wenn ihr danach war. Und ihre Brüste waren für ihn frei zugänglich. Selbst wenn sie sie vor dem Zugriff seiner Hände hätte schützen wollen, es wäre ihr jetzt nicht mehr möglich gewesen.

„Wie heißt das Stopp-Wort?“ fragte sie.

„Welches Stopp-Wort?“

„Ich habe gelesen, man vereinbart immer ein Stopp-Wort. Also wenn ich ‚Erbarmen’ sage, dann hörst du auf und machst mir auch sofort alle Fesseln los. Ok?“

„Mit Stopp-Wort ist es nur ein Spiel. Das interessiert mich nicht, und glaube mir, du würdest dich auch nur langweilen, weil du genau weißt, dass du jederzeit ‚Erbarmen’ rufen kannst. Entweder ohne Stopp-Wort, oder ich kann dich so nicht gebrauchen.“

Sie schluckte wieder. Auf was hatte sie sich da bloß eingelassen? Wie kann man nur so blöd sein, so naiv? Hatte sie ihre Mutter nicht immer vor solchen Typen gewarnt?

Aber sie spürte diese Mischung aus Angst und Lust, es erregte sie, ausgeliefert zu sein, wie eine Maus, mit der die Katze spielt.

„Ok“ hörte sie sich sagen.

„Dann will ich dich mal beim Wort nehmen.“ Und prompt schob er ihr auch schon einen kleinen Ball zwischen die Zähne und befestigte das dazugehörige Band in ihrem Nacken.

„Kein Stopp-Wort, das war dein Wille. Und damit du dir das nicht wieder anders überlegst – Frauen kann man in der Hinsicht nicht vertrauen – habe ich mich jetzt erst einmal abgesichert. Weißt du, ich kenne dich noch nicht genug, und wie soll ich dir da vertrauen? Sicherheit geht eindeutig vor.“

Sie wollte protestieren. Wer brauchte hier Sicherheit? Wer ließ sich auf wen ein? Am liebsten hätte sie ihn angeschrien, ihm eine Ohrfeige verpasst, wenn sie nur gekonnt hätte. Aber sie war ja wehrlos.

Während sie noch wütend mit sich selbst diskutierte ging alles sehr schnell. Vermutlich hatte er sie mit seiner Bemerkung nur provozieren wollen, damit sie abgelenkt war. In Windeseile nahm er ihr die Stiefeletten ab, machte die Strapse auf, rollte ihre Strümpfe herunter und zog sie ihr aus. Dann klammerten seine Hände auch schon an ihren Fußknöcheln und kurze Zeit später hatte er auch dort Ledermanschetten angebracht. Dann wurde etwas daran befestigt und ein leichtes Bewegen ihrer Füße machte ihr klar, dass er sie mit einer Eisenstange gespreizt haben musste. Nun war sie wirklich völlig wehrlos und ihm stand alles zur Verfügung.

„Gott sei Dank liege ich auf dem Rücken und er kann mich nicht von hinten nehmen“ dachte sie mit leichtem Erschaudern.

„Kiara, du bist wirklich eine sehr schöne junge Frau. Ich werde viel Spaß mit dir in den nächsten drei Tage haben.“

Sie rang nach Luft. Sie musste an einen Sadisten geraten sein. Kein normaler Mensch wäre in der Lage, in einem einzigen Satz gleich zwei ungeheuerliche Dinge auf einmal zu sagen. Oder hatte sie sich nur verhört? Sollte es heißen: „Wir werden viel Spaß miteinander haben“? Blieben immer noch die drei Tage. Er würde sie also erst Sonntag wieder gehen lassen. Dabei wollte sie sich morgen mit Miriam in der Stadt zu einem Einkaufsbummel treffen. Sie wollte protestieren, sie prustete in den Knebel, aber er lachte nur: „Stopp stopp stopp, ja ja, ich weiß, meine Liebe, es gibt aber kein Erbarmen!“

Ihre Gedanken rotierten weiter: „Ja, aber was ist danach? Vielleicht will er bis Sonntag Spaß mit mir haben, und dann wird er mich umbringen und verscharren. Aber nein, das wäre wohl zu riskant, die Kellnerin im Museumscafé hat uns zusammen gesehen und wir müssen ihr aufgefallen sein, so ungleich und auffällig wie wir waren.“

„Am Sonntag Abend mache ich dich frei und dann kannst du gehen“, sagte er, als hätte er ihre Gedanken erraten.

„Aber vorher wirst du mir und auch anderen uneingeschränkt zur Verfügung stehen. Ich werde dir alles beibringen, wie du uns unendliches Vergnügen bereiten kannst.“

Sie hatte sich also nicht verhört. Sie begann zu weinen. Das wollte sie nicht. Das hätte sie nicht zugelassen, wenn es ihr vorher bekannt gewesen wäre. Aber hätte sie überhaupt etwas gewollt, wenn man es ihr vorher gesagt hätte. War es nicht gerade der Reiz an der Sache, etwas zu tun, was man nicht will? Was man bei vollem Verstand niemals tun würde. Ja offenkundig war sie nicht bei Verstand, sie hatte ihn geradezu verloren.

„Nur zu deiner Information“ hörte sie ihn mit kühler Stimme sagen. „Ich werde gleich mit deiner Ausbildung beginnen. Ziel der Ausbildung ist es, dich zu erziehen. Es ist schon erstaunlich, was Frauen alles machen, wenn sie nur ordentlich erzogen sind. Keine Angst, die ersten Übungen werden dich eher geistig fordern. Auch wenn du es nicht glaubst, aber du wirst dich sehr konzentrieren müssen. Natürlich werde ich dich auch körperlich gebrauchen und begehbar machen, aber das steigern wir erst in den nächsten Tagen so richtig, dann wenn du schon ein wenig abgerichtet bist, dann muss ich nicht jedes Mal erst wieder bei Adam und Eva anfangen. Aber ich will ja nicht nur deinen Körper, ich will alles von dir, deshalb wird es so laufen. Und so richtig Spaß macht es nur bei intelligenten Frauen. Die sind besser und auch williger, wenn man sie mal soweit hat. Irgendwas sagt mir, du könntest mein Meisterwerk werden. Aber lass mich dir erst einmal deine letzten Kleidungsstücke abnehmen. In den nächsten Tagen wirst du meist nackt gehalten. So, der Strapsgürtel ist nun auch runter. Ich habe es gerne, wenn Frauen ganz nackt sind. Kleidung ist Schutz und verdirbt die Hingabe."

Kiara ließ alles resigniert mit sich geschehen. Sie atmete tief und schwer.

Die erste Lektion

Mark legte eine Hand etwas oberhalb ihres Venushügels ab, mit der anderen umfasste er ihre linke Brust, an deren Knospe nun seine Finger spielten.

„Entspanne dich bitte und höre mir zu. Es ist wichtig, alles genau zu verstehen und entsprechend umzusetzen."

Er wartete einen Augenblick ab, bis ihr Atem ruhiger wurde.

„Deine Aufgabe ist es, mir und anderen Vergnügen zu bereiten. Das ist dein eigentlicher Lebenssinn, dafür bist du auf die Welt gekommen, alles andere ist dagegen vergleichsweise unwichtig. Du solltest dir diese Sätze häufig innerlich wie ein Mantra selbst aufsagen, dann wird es dir leichter fallen, deine Aufgabe zur Zufriedenheit aller auszuführen. Ein Recht auf eine eigene Sexualität hast du nicht. Natürlich kann es vorkommen, dass du – während du anderen Freude und Lust bereitest – zum Höhepunkt kommst, einige werden dich vielleicht sogar bewusst dazu bringen wollen, aber es ist niemals dein Ziel, hörst du, niemals! Wenn es passiert, dann passiert es, aber du strebst keinen eigenen Orgasmus an. Dein einziger Sinn besteht darin, anderen Freude zu bereiten. Auch wirst du dich niemals selbst befriedigen, auch nicht, wenn du unbeobachtet bist. Alle deine Orgasmen gehören uns, du hast sie vor uns zu haben, uns abzuliefern. Hast du das soweit verstanden?"

Kiara nickte fast unmerklich.

Sofort ergriff Mark ihre beiden Nippel und presste sie zwischen seinen Fingern mit aller Kraft zusammen. Kiaras Körper erbebte, sie schrie innerlich auf.

„Hast du das soweit verstanden?"

Diesmal nickte Kiara heftig mit dem Kopf.

Mark löste seine Finger. Derweil hoben und senkten sich Kiaras Brüste in tiefen, angestrengten Atemzügen.

Nach einer Weile fuhr Mark fort: „Ich werde nun meine Hände über deinen Körper bewegen und dabei keine Stelle auslassen. Versuche dich bitte zu konzentrieren, dies ist keine ganz einfache Übung. Wenn du mir nicht folgst: du weißt, was dann passiert. Aber ich kann auch noch zu ganz anderen Mitteln greifen, glaube mir, und ich habe Andere zur Hand, die das noch viel besser können als ich, und die nichts lieber täten, als sich ein wenig mit dir zu verlustieren. Ich erwarte, dass du gehorchst und dich anstrengst, also letztendlich alles Dinge, die selbstverständlich sind. Während ich mit meinen Händen über deinen Körper gleite, wirst du versuchen, meinen Händen näher zu kommen, dich ihnen entgegenzustrecken und anzubieten, egal wo sie gerade sind. Dein Ziel ist es, mir zu gefallen, vergiss das bitte nie. Du schenkst mir zu jeder Sekunde deinen Körper und das mit Haut und Haaren. Stell dir vor, dein größtes Glück bestehe darin, mich und andere zu befriedigen. Ansonsten bist du ganz leer im Kopf. Du hast keine eigenen Gedanken, Gefühle und Gelüste mehr, willst nur gefallen. Das wollen eigentlich viele Menschen. Ein Koch möchte auch nicht nur gut kochen, sondern vor allem, dass es seinen Gästen schmeckt, dass sie ihre Freude an seinen Dienstleistungen haben. Allerdings bist du nicht nur Koch, sondern Speise auch."

Kiara versuchte seinen Anforderungen zu genügen. Während er über ihre Brüste strich, drückte sie sie ganz sanft und unmerklich gegen seine Hände. So ging es langsam über ihren gesamten Oberkörper weiter.

„Das machst du schon sehr gut. Zeig mir, dass meine Hände willkommen sind. Jetzt mag dich das noch anstrengen, aber glaube mir, in einigen Wochen wird das alles ganz selbstverständlich für dich sein. Wenn ein Mann dich berührt, wirst du dich unwillkürlich öffnen und dich ihm schenken. Dein Körper wird sich ihm fast unmerklich entgegenstrecken und du wirst nicht einmal daran denken müssen."

Kiara stellte mit Erstaunen fest, dass sie sich immer mehr entspannte. Ihre unangenehmen Gedanken und Ängste über die Situation, in der sie sich befand, kehrten zwar immer wieder zurück, doch meist gelang es ihr rasch, sich zu sammeln. Die Übung war sehr anstrengend und erforderte ihre gesamte Konzentration, doch je besser ihr das gelang, desto schwerer wurden ihre Muskeln, bis sie am Ende mit ihrem gesamten Körper in der Liegenpolsterung zu versinken schien.

Mark fuhr nun an der Innenseite ihrer Schenkel entlang. Seine Hände bewegten sich ganz langsam auf ihre Spalte zu. Kiara drückte – soweit ihr die Eisenstange die Freiheit dazu ließ – ihre Oberschenkel ganz sanft gegen seine Hände.

Mark ergriff erneut ihre Nippel und presste sie so stark, dass sie verzweifelt in ihren Knebel biss. Sie atmete heftig und schwer.

„Was hast du falsch gemacht?"

Sie schüttelte nur mit dem Kopf, in der Hoffnung, er würde seinen Griff lockern. Sie wusste es nicht.

Endlich gaben seine Finger nach.

„Ach ich denke, du wirst jetzt langsam sowieso das machen, was ich möchte, ich werde dir deinen Knebel wieder abnehmen, dann klappt es auch besser mit unserer Kommunikation."

Kiara atmete erleichtert auf.

„Also, was hast du falsch gemacht?"

„Mark, ich weiß es nicht. Ich habe meine Schenkel gegen deine Hände gedrückt, ich dachte, es genau richtig zu machen. Aber scheinbar doch nicht. Sag es mir, dann versuche ich es beim nächsten Mal besser zu machen."

„So gefällst du mir, eine gute Antwort. Du musst dir eins merken: Wenn ich mit meinen Händen über deinen Körper gehe, dann kommst du unmerklich meinen Händen entgegen. Dafür ist jetzt viel Konzentration erforderlich, aber mit der Zeit wird dir das in Fleisch und Blut übergehen. Ich rate dir, dies mehrmals am Tag in der Vorstellung zu üben, umso schneller kommen wir voran, und das möchtest du doch sicher?"

Kiara nickte. Aber das hätte sie zu diesem Zeitpunkt bei jeder anderen Frage auch getan.

Mark nahm ihre Nippel zwischen seine Finger. „Ich habe dich leider nicht verstanden."

„Ja, ich möchte gerne möglichst schnell vorankommen Ich wünsche es mir sehr."

„Ok, akzeptiert. Also dein Fehler war: Wenn ich mich mit meinen Händen einer deiner Öffnungen nähere, dann hast du diese anzubieten. Nähere ich mich deiner Fotze, dann hast du die Beine zu spreizen. In diesem Fall muss ich mich ein wenig anpassen. Greife ich dir irgendwo in den Schritt, dann wirst du deine Beine breit machen. Bei anderen Männern wird das nicht anders sein. Soweit klar?"

„Ja, ich werde es versuchen."

Mark begann erneut. Und egal wo sich seine Hände befanden, sie versuchte ihnen mit ihrem Körper zu folgen, näherten sie sich jedoch ihrer Vulva, dann spreizte sie unmerklich ihre Beine und drückte ihm ihren Unterleib entgegen. Mal drang er mit seinen Fingern in ihre Scheide ein, mal strich er nur an ihrer Öffnung entlang. Das Spiel erregte sie sehr.

„Nun möchte ich zu einem anderen wichtigen Punkt kommen. Aber vorher werde ich dir erst einmal die Fesseln abnehmen. Ich glaube, du bist schon soweit. Bitte enttäusche mich nicht."

Zur Prüfung griff er ihr noch einmal in den Schritt, woraufhin sie die Beine für ihn spreizte.

„Die meisten Frauen denken beim Sex vor allem an ihren Spaß. Für dich gelten andere Regeln. Dein Vergnügen wird es sein, anderen Freude zu bereiten, ich erwähnte es bereits. In den nächsten Monaten wirst du regelmäßig eine Lehrerin für taotische Liebeskunst aufsuchen. Sie wird dir Techniken beibringen, die es dir ermöglichen, dich leichter zurückzuhalten. Bitte sei eine aufmerksame und gelehrige Schülerin. Wirst du dich nicht wie von uns gewünscht verhalten, werde ich mich dazu gezwungen sehen, deine Klitoris zu überreizen, entweder durch die Stimulation meiner Hände oder durch eine spezielle Vakuumpumpe. Die Stimulation ist natürlich viel reizvoller für mich. Welches der beiden Verfahren würdest du vorziehen?"

„Ich möchte lieber, dass du es mir machst."

„Prima! So gefällst du mir.

Aber soweit sind wir noch nicht. Momentan reicht es aus, wenn du dich nur auf meine und nicht deine Befriedigung konzentrierst. Und ich gehe davon aus, dass du die taotischen Übungen schon sehr bald hervorragend beherrschen wirst, so dass ich nicht selbst Hand anlegen muss. Ich denke, das ist auch in deinem Interesse.

Ich werde dich nun ein paar Mal nehmen. Bitte erinnere dich an die Anfangslektionen. Wann immer ich dich anfasse, hast du entsprechend zu reagieren. Deine Öffnungen dienen einzig und allein meiner Lust. Deine körperliche Befriedigung hast du zurückzustellen. Deine neue Befriedigung wird es sein, dich mir ganz zu überlassen und hinzugeben."

Mark wandte sich für einen Moment von ihr ab um sich zu entkleiden. „Mach die Beine noch ein bisschen breiter. Zeig mir alles was du hast. Ich möchte möglichst bequem in dich eindringen können."

Kiara gehorchte. Die nächsten 20 Minuten war sie intensiv damit beschäftigt, sich ganz für ihn zu öffnen und ihm ihren Körper zu schenken. Nie zuvor hatte sie sich so nackt gefühlt. Nach einer Weile bat er sie, sich aufzurichten und sich auf ihre Fersen niederzulassen. Hinter ihr sitzend ergriff er ihre Brust, um ihr eine Busenkette anzulegen. Sie biss auf die Zähne, so intensiv war der Schmerz. Doch schon bald gewöhnte sie sich daran. Er drückte sie nach vorne und schob ihre Beine ein wenig auseinander. „Nun geh noch etwas mehr ins Hohlkreuz, das sieht einfach besser aus." Während er sie von hinten nahm, schwang ihre Busenkette im Rhythmus seiner kräftigen Stöße. Mit seinen beiden Händen stützte er sich auf ihren Hüften ab. Dann wieder tasteten sie sich vorwärts, während sie ihm mit ihrem Körper leicht entgegen kam. Dies war nicht immer ganz einfach, speziell dann, wenn er sich an ihren Brüsten zu schaffen machte oder gar an der Busenkette zog. Mit ihren Haaren zwang er sie, ihren Kopf in den Nacken zu legen und ihre Brust ganz herauszudrücken. „Ja meine Stute. Lass mich deinen Atem hören. Streck mir dein Hinterteil ganz entgegen. Zeig mir, dass du von mir genommen werden möchtest."

Kiara befand sich wie im Rausch. Nie zuvor hatte sie Sexualität so intensiv erlebt. Sie genoss es, nicht mehr auf die Befriedigung ihrer eigenen Bedürfnisse achten zu müssen. Es war, als wäre ihr eine riesengroße Last genommen worden. Sie wusste, wenn es ihr in den nächsten Tagen gestattet würde, dann würde sie einen Höhepunkt erreichen, aber ganz von alleine und ohne ihr Zutun. Es würde einfach nur passieren. So konnte sie sich ganz auf ihre Hingabe, ihre Nacktheit, seine Bewegungen, Wünsche und Anweisungen konzentrieren.

„Ich werde dich nun noch ein wenig verschönern." Mit diesen Worten drückte er ihren Bauch auf die Matratze. Dabei spannte sich die Busenkette und zog an ihren Nippeln. Im nächsten Augenblick schlug er auch schon mit seiner flachen Hand auf ihren Hintern und ihre Oberschenkel ein. Sie rang nach Luft, ihr Unterleib schien nur noch Schmerz zu sein.

Nach einer Weile hielt er inne. Offenbar war er mit seinem Werk zufrieden. „Du solltest dich jetzt mal sehen, mit deinem feuerroten Hintern. Steht dir wirklich gut. Das werden wir regelmäßig machen." Während sie innerlich noch protestierte, drang er in ihre engste Stelle ein. Sie war so überrascht, dass sie ihn widerstandslos gewähren ließ.

„Viele Frauen sind an dieser Stelle verspannt. Aber das kann man ganz leicht beheben. Glaub mir, ein paar Schläge auf ihren Hintern, danach ist fast jede leicht begehbar."

Wieder packte er sie fest an ihren Haaren. „Zeig mir alles, was du heute gelernt hast. Öffne dich für mich, lass deinen Atem fließen."

Kiara war jetzt völlig eins mit ihrem Körper. Alle unangenehmen Gedanken und inneren Dialoge wichen von ihr. Immer wieder ergriff er ihre Kette. Doch sie gab dabei nicht nach, sondern bäumte sich auf, was ihre Busenkette noch stärker spannen ließ. Sie genoss es, am ganzen Körper angefasst zu werden und sie dankte ihm jede seiner Berührungen.

Mark war gnadenlos. Anfangs hatte sie sich noch auf ihre Ellenbogen stützen können, doch schließlich ließen ihre Kräfte nach. Mit jedem Stoß verschickten ihre sich am Laken reibenden Brüste kleine Stromstöße durch ihren Körper. An ihren Haaren wurde sie geführt. Ihr Kopf war ganz weit in den Nacken gelegt, ihr Po ihm entgegengestreckt. Sie war ihm völlig ausgeliefert. Einen eigenen Willen hatte sie nicht mehr.

Die Sklavin

„So, nun mach dich etwas frisch. Ich habe Hunger, und ich nehme an, du auch." Er nahm ihr die Busenkette und schließlich auch die Augenbinde ab.

Kiara blinzelte. Sie vernahm ein leichtes Knurren ihres Magens, doch das war es irgendwie nicht. Sie lächelte. „Ich glaube, noch wichtiger wäre jetzt erst einmal etwas zu trinken."

„Oh ja, natürlich, Liebling. Entschuldigung. Was möchtest du haben? Ein ganz normales Mineralwasser?"

„Wasser wäre gut."

Mark verschwand, um wenige Augenblicke später mit zwei Gläsern und verschiedenen gekühlten Wasser-Sorten mit und ohne Kohlensäure aufzutauchen. Nun nahm sie endlich wahr, welch attraktiver Mann er war. Er war mindestens einen Kopf größer als sie und sehr muskulös und kräftig gebaut.

Kiara entschied sich für San Pellegrino, Mark ebenso. Sie leerte ihr Glas in einem Zug, ein zweites ließ nicht lange auf sich warten.

Mark schaute sie freundlich an. Dabei spielte er gedankenverloren an ihren Knospen. „Ich werde mich ganz kurz in der Küche betätigen. Lass dir soviel Zeit wie du brauchst. Vergiss bitte nicht: Lustvolle Spiele mit der Brause sind jetzt nicht mehr drin. Das magst du bei dir zu Hause gemacht haben. Ab sofort ist dir das alles untersagt. Ich sage es lieber anfangs einmal zu viel als zu wenig. Du hast keine eigene Sexualität mehr, die ist jetzt mein Eigentum. Hast du das verstanden?“

Kiara nickte stumm.

„Auch wirst du sehen, dass ich von ganz wenigen und besonderen Ausnahmen – nämlich dann, wenn es ausdrücklich gewollt ist – nie danach fragen werde, ob du gekommen bist. Das wird dir auch bei allen anderen, denen ich dich zuführen werde, so ergehen. Dies interessiert uns einfach nicht. Es ist nicht deine Aufgabe. Manchmal werden ich und andere versuchen, deine Fähigkeit dazu sogar einzuschränken, damit deine dienende Rolle in den Vordergrund tritt. Betrachte einen Orgasmus als ein Geschenk, was dir zuteil wurde. Er darf niemals dein Ziel sein.“

Mit einem intensiv fragenden Blick schaute er ihr in die Augen.

Kiara war verwirrt.

Mark hatte sie sich in den letzten Stunden gefügig gemacht und sie benutzt, sie behandelt wie ein Stück Fleisch. Immer noch klangen ihr seine Worte in den Ohren, sie sei nur zu seinem Vergnügen und dem anderer da. Und weiß Gott, dieses Vergnügen hatte er mit ihr. Sie hatte Dinge mit sich machen lassen, die sie noch vor ganz wenigen Tagen niemals zugelassen hätte. Sie schämte sich.

Und dann seine Sprüche: „Es ist schon erstaunlich, was Frauen alles machen, wenn sie nur ordentlich erzogen sind“, war noch einer der harmloseren Sätze. Es war diese betont abwertende Art, die ihr so zusetzte. Sie empfand das noch viel entwürdigender als der Sex, zu dem sie von ihm gezwungen wurde. Aber warum spürte sie just bei solchen Sätzen ihre Lust besonders intensiv, warum wurde sie dabei ganz besonders feucht?

Mark war ihr stets ganz intensiv zugewendet. Er benutzte sie, so wie es ihm gerade in den Sinn kam, aber sie schien ihm tatsächlich Freude zu bereiten, ihm in dem Moment wirklich zu gefallen. Dieses Gefühl hatte sie bei Jens nie. Er schlief mit ihr, als wäre sie nicht wirklich gemeint. Ok, das sagte Mark eigentlich auch. Er sagte sogar, sie wäre nur ein Objekt, nur für den Gebrauch bestimmt.

In Kiara stieg eine unbändige Wut empor: In den letzten Stunden war sie streng genommen wie Scheiße behandelt worden, aber von Jens irgendwie noch viel mehr. Und zwar schon immer.

Wenn Jens nur geahnt hätte, was sie alles machen würde, was er hätte haben können, wenn er es nur einmal verlangt hätte. Sie wollte ja gefallen, sie wollte es gut machen, sie wollte einem Mann Spaß im Bett bereiten. „Warum hat er sich nie genommen, was ich zu bieten habe? Das beweist doch, dass ich ihm egal war, dass ich ihm doch nicht so gefallen habe, wie er es stets behauptet hat!“

Für einen Mann, der ihr gefällt und der sie wirklich will, würde sie alles tun. Wenn es darum ginge, für Fremde die Beine breit zu machen, sie würde nicht einen Augenblick zögern, das wurde ihr mehr und mehr bewusst. Es war ihr peinlich, sich das zuzugestehen. Wie passte das in ihr Weltbild der selbstbewussten, emanzipierten Frau, die sie noch bis vor wenigen Stunden war? Wie konnte sie sich so entwürdigen und benutzen lassen und die Augenblicke doch gleichzeitig so genießen?

Kiara musste aufpassen, sich da nicht in etwas hineinzusteigern. Das konnte sie nämlich sehr gut.

Ihre Gedanken wanderten hin und her. Sie war gerade mal ein paar Stunden hier und dieser Mann sprach mit ihr, als hätte sie sich bereits für alle Zeiten dafür entschieden, seine Lustsklavin zu sein. Kein Zweifel, sie hatte die bisherigen Stunden sehr genossen, auch wenn sie sich mit Händen und Füßen gegen diese Erkenntnis wehrte. Sie hatte eine Sexualität kennengelernt, die ganz anders war, als was sie bisher erlebt hatte. Sie merkte, wie er sie bereits in seinen Bann zog, und wenn es so weiterginge, würde sie wohl in drei Stunden so ziemlich alles unterschreiben. Dies galt es zu verhindern.

„Aber ich habe doch noch gar nicht richtig zugesagt. Müssen wir da nicht erst noch etwas miteinander vereinbaren?"

„Was sollen wir vereinbaren?"

„Na irgend so etwas Schriftliches. Habe ich mal in einem Buch gelesen. Also so etwas von der Art: ‚Die Sklavin verpflichtet sich, dem Gebieter für die Dauer des Vertrages uneingeschränkt und unverzüglich zu gehorchen und sich von ganzem Herzen um sein Vergnügen und Wohl zu bemühen.' Wo so etwas drin steht, was du eben gesagt hast. Und dem ich zustimmen muss. Was weiß ich, was sonst auf Dauer noch alles auf mich zukommen könnte. Vielleicht sage ich heute, ich will deine Sklavin sein, und morgen verlangst du dann Dinge, denen ich nie zugestimmt hätte."

Mark runzelte die Stirn. Wieder spielte er gedankenverloren und fast abwesend an ihren Nippeln. Die sofort zunehmende Feuchtigkeit zwischen ihren Beinen machte ihr unmittelbar klar, dass sie auf diese Weise alles unterschreiben würde. Irgendwie war diese Unterhaltung so nicht fair.

„Liebling, du bist eine erwachsene Frau und ich ein erwachsener Mann. Wir brauchen diese Verträge nicht. Außerdem, was willst du da unterschreiben? Die meisten dieser Verträge sind ein einziger Freibrief für den Sklavenhalter, so nach dem Motto: Ich darf alles fordern, und du musst alles geben. Dafür braucht es keine Tinte. Ich habe dir doch erklärt, wie es läuft. Du bist mein Eigentum, Punkt! Mehr gibt es dazu nicht zu sagen. Eigentum verpflichtet aber auch. Ich achte zum Beispiel sehr darauf, dass dieses Haus hier immer gut in Schuss ist. Glaube mir, diesem Haus ergeht es mit einem Eigentümer wie mir viel besser, als wenn es keinen hätte. Das wird bei dir nicht anders sein. Du brauchst einen Eigentümer, der auf dich Acht gibt. Deine Gedanken werden dir sonst schaden. Bevor du dich versiehst, grübelst du über Probleme, wo keine sind."

„Aber wie oft muss ich denn zum Beispiel Sex mit anderen haben. Ist das nur einmal am Tag, oder schickst du mich am Ende sogar in den Puff?"

„Wie es beliebt. Du wirst lernen, dich zu öffnen, nicht deinen Höhepunkt anzustreben, sondern für andere verfügbar zu sein, jederzeit. Das wird für dich irgendwann einmal völlig selbstverständlich sein, so wie das Atmen für dich heute. Und du wirst es brauchen, wie den Atem heute. Du wirst verschiedenen Männern und Frauen zugeführt, und diese werden dich benutzen. Deine Aufgabe wird es sein, deren Wünsche zu erfüllen, alles so gut zu machen, wie du es kannst.

Ich biete dir die Chance ganz Frau zu sein. Vergiss den Quatsch mit den Büros, den langweiligen Gesprächen und den miesen Chefs. Hier wärst du ganz Frau, mit jeder Faser deines Körpers. Und du wirst als Frau behandelt. Nicht wie im Büro, wo einer über irgendeine Excel-Tabelle referiert und dabei denkt, was du wohl in der Bluse haben magst.

Hier triffst du Männer, die dir einfach an die Brüste gehen werden, eben weil du eine Frau bist und für so etwas da zu sein hast. Mit der Zeit wirst du immer besser werden. Du wirst lernen, dich so zu präsentieren, dass man gar nicht mehr anders kann, als dir an den Busen zu gehen oder zwischen die Beine zu fassen. Du wirst die beste sein."

Kiara ließ ihre Gespräche mit Freundinnen und Freunden über die Rolle der Frauen in unserer Gesellschaft in ihrem Kopf Revue passieren. Wozu hatte sie die eigentlich geführt, wozu hatte sie darüber studiert, wenn dieser Mann nun alles ganz anders darstellen konnte, und sie auch noch brav zuhörte, ohne ihm gleich an die Gurgel zu springen? Konnte es sein, dass er bereits von ihr Besitz ergriffen hatte? War sie ihm schon hörig, wusste es aber noch nicht?

Er erhöhte den Druck auf ihre Brustwarzen.

„Schau mal Liebling, ich möchte ja, dass du alles machst, was dich interessiert und worin du einen Lebenssinn siehst. Wenn du Schreiben möchtest, dann schreibe. Ich werde dich nicht daran hindern, höchstens dich fördern. Wenn du aber wirklich erfolgreich sein willst, dann solltest du täglich daran arbeiten, dich täglich trainieren und verbessern. Genauso ist das mit allem anderen auch. Bei mir wirst du täglich genommen werden. Ich werde für deinen Körper die Verantwortung übernehmen. Dafür möchte ich aber auch alle Eigentumsrechte besitzen. Habe ich mich verständlich ausgedrückt?“

Kiara war längst völlig wehrlos. Er drehte an ihren Nippeln, wie an einem Gerät, was er damit bedienen konnte. Mit seiner rechten Hand griff er in ihren Schritt. Dann hielt er ihr seine nasse Hand entgegen.

„Was rede ich denn da die ganze Zeit? Du überlegst noch, und dein Körper hat sich längst entschieden! So sei es denn! Eventuelle Einwände können ab sofort nicht mehr geltend gemacht werden. Finde dich damit ab: Du bist jetzt meine Sklavin.

Komm bitte nachher so wie du bist nach oben. Ich suche dir dann etwas Passendes zum Essen heraus. Du wirst wieder Schuhe und Strümpfe tragen. Dazu allerdings auch eine Corsage, die deine Brüste noch etwas mehr herausstellt. Ich mag es gerne, wenn ein gutes Essen auch optisch anregend ist.“

Mark nahm seine Kleidung und machte sich auf den Weg zur Küche.

Kiara dachte über Marks Worte nach. Es stimmte schon, sie genoss die berufliche Anerkennung. Aber da war auch soviel Lebensangst in ihr. Wie sollte sie das alles schaffen? Einem Beruf nachgehen, vielleicht sogar mal bekannt sein, eine Wohnung versorgen, sich einen Freund suchen, weitere Freundschaften, ein paar Hobbies und die Beziehung zu ihren Eltern und Geschwistern pflegen, Kochen können, ein erfülltes

Sexualleben haben, vielleicht mal eine Familie... Wie sollte all das zu schaffen sein? Wie sollte all das von der kleinen Kiara, die gerade erst dabei war, erwachsen zu werden, zu bewältigen sein? Hatte Mark ihr etwa vorhin so etwas wie eine Arbeitsteilung vorgeschlagen?

Natürlich hatte die Sache ihren Preis. Sie würde alle Rechte an ihrem Körper verlieren. Aber warum sollte sie es besser machen als Mark? Bislang jedenfalls konnte von einem erfüllten Sexualleben noch keine Rede sein. Kiara lächelte. Die Sache hatte ihren Reiz. Sie stellte die Dusche an, und prompt rannten Tränen über ihre Wangen. „Ach verdammt. Er hat ja so Recht! Ich will nicht für alles in meinem Leben die Verantwortung übernehmen müssen. Es gibt so vieles, wo ich einfach nur geführt werden will. Jens wäre dazu nie und nimmer in der Lage gewesen. Der hat doch noch viel mehr Probleme als ich. Bin ich keine emanzipierte Frau mehr, wenn ich so denke und fühle?“ Nun gab es kein Halten mehr. Sie sprang unter die Dusche und weinte hemmungslos.

Abendessen

Als Kiara das Esszimmer betrat, erschrak sie. Sie hatte unter der Dusche überhaupt nicht mitbekommen, dass in der Zwischenzeit Marks Freund Michael zu Besuch gekommen war.

„Oh, wer ist denn das?“, fragte Michael überrascht.

„Sie heißt Kiara.“

„Ist sie neu? Hast du wieder eine Novizin?“

„Sie hat gerade heute erst ihre ersten Lektionen gehabt.“

„Sie ist hübsch. Sie gefällt mir. Kann ich sie mal ausprobieren?“

„Klar Michael. Dafür ist sie doch da.“

Michael fasste in den Ring an Kiaras Halsband und zog sie daran sanft hinter sich her.

„Wir wollen gleich essen und ich habe Hunger. Keine Sorge, viel Zeit ist also nicht. Ich werde nur mal kurz deine Öffnungen ausprobieren.“

Mit diesen Worten schob er sie in einen ihr noch unbekannten Raum, dessen markantestes Möbelstück eine große Liege war. Er zog sich aus und setzte sie vor sich hin. Kiara erinnerte sich an ihre ersten Lektionen und versuchte sich zu entspannen. Natürlich kam es auf Michaels Befriedigung an. Aber mehr noch wollte sie Mark gefallen. Wenn sie es gut machen würde, wäre Mark bestimmt mit ihr zufrieden.

Nachdem er in ihrem Mund gekommen war, legte er sie vor sich auf den Rücken und drang kräftig stoßend in sie ein. Zaghaft umschlang sie mit ihren Armen seinen Hals. Als dabei ein leichtes Lächeln über seine Lippen huschte, hob sie auch noch ihre Beine an, um sie über seinen Hüften zu kreuzen. Alles an ihr war jetzt nur noch dazu da, ihm zu gefallen, ihm Vergnügen zu bereiten. Ihr Atem folgte seinen Bewegungen. Sie öffnete sich für ihn, bemühte sich aber, nicht selbst zu kommen.

Schließlich drehte er sie auf den Bauch, und zwar mit einer Selbstverständlichkeit, als wenn er ein Stück Fleisch in der Pfanne wenden würde. Michael war stark gebaut und die folgenden Minuten waren für sie sehr anstrengend. Als er schließlich von ihr ließ, war sie am Ende ihrer Kräfte.

Er gab ihr einen Klaps auf den Po. „Mit der Zeit wirst du noch viel fitter werden, aber für den Anfang hast du deine Sache sehr gut gemacht. Im ersten Jahr dürfte es dir nicht leicht fallen, einem kräftigen Mann wie mir einen ausreichenden Widerstand entgegenzubringen. Aber glaube mir, mit der Zeit wird dir das immer besser gelingen. Hat Mark schon gesagt, ob er dich behalten will?“

Kiara hatte längst aufgegeben zu kämpfen. Eigentlich wäre die Gegenfrage angebracht gewesen: „Und ich? Interessiert es niemanden, ob ich hier bleiben will?“

„Ja, er hat vor einer halben Stunde mit mir gesprochen und er will, dass ich bleibe.“

„Und du?“

Über Kiaras Gesicht huschte ein Ausdruck der Verblüffung.

„Ich durfte nicht mitentscheiden.“

„Ach komm, Kiara, nun hab dich mal nicht so. Es ist auch immer deine Entscheidung. Klar, ich verstehe Mark. Die Frauen wehen wie ein Fähnchen im Wind und bevor das nicht ewig so weitergeht, muss irgendwer mal eine Entscheidung fällen. Sonst kommt da einfach keine Richtung rein. Und die hat Mark jetzt für dich getroffen. Aber jeder von uns weiß: Du kannst keine Entscheidung gegen eine Frau treffen. Du kannst Frauen zu Sachen bringen, die sie sich vorher nie hätten vorstellen wollen. Aber du kannst sie nicht zu Sachen bringen, die sie nicht wirklich machen wollen. Also, wie sieht es bei dir aus?“

„Ach weißt du, Michael, es ist alles noch sehr neu für mich. Ich habe mich heute Nachmittag das erste Mal mit Mark getroffen. Und jetzt wird bereits über mein restliches Leben entschieden, jedenfalls geht es in die Richtung. Und dieses restliche Leben hätte wohl nicht mehr viel mit meinem bisherigen zu tun. Du wirst sicherlich verstehen: Ich bin sehr verunsichert. Auf der anderen Seite bin ich alles andere als abgeschreckt, wenn du verstehst was ich meine, obwohl ich das eigentlich sein müsste. Denn bislang verstößt ja fast alles gegen meine Prinzipien. Allein schon nur die Tatsache, dass ich in den letzten Stunden mit zwei mir völlig unbekannten Männern Sex hatte, ist eigentlich ein Ding. Und jedes Mal mit Männern, die ich bislang nicht gerade zu meinen Traumprinzen gezählt hätte. Und beide Male so, dass es immer nur um deren Spaß ging. Darf es sonst noch was sein?“

Michael musste schallend lachen, zu süß sah sie mit ihrem Schmollmund und in ihrer Nacktheit bei diesen Worten aus. Er legte eine Hand auf ihre Hüfte, mit der anderen strich er über ihre Lippen, um sich dann aber doch wieder ihren Brüsten zu widmen.

Kiara erschrak ein wenig. Ohne auch nur darüber nachgedacht zu haben, hatte sie sich ihm wieder angeboten, ihm ihre Brüste unwillkürlich ein wenig entgegengestreckt. „Spätestens am Montag hat er mich zu einer billigen Nutte dressiert“, dachte sie grimmig in sich hinein.

„Kiara, ich verstehe genau, was du meinst, aber mach es dir nicht schwerer als es ist. Du möchtest angefasst werden, das ist so deutlich zu spüren. Und wenn das nicht passiert, dann wirst du eingehen wie eine Primel. Dein ganzer Körper sagt: ‚Fass mich an, mach etwas mit mir.’ Sorry, aber Mark hat Recht. Du hast dich längst entschieden, du weißt es nur noch nicht. Natürlich stellt das jetzt dein ganzes Leben auf den Kopf, aber da kommst du locker mit zurecht. Und zwar aus einem ganz einfachen Grund: Du veränderst dein Leben in etwas, was dir mehr entspricht, was besser für dich ist. Du wirst dabei gewinnen. Und das wirst du dir nicht entgehen lassen, egal welche Prinzipien jetzt noch dagegen sprechen mögen. Also ich freue mich auf die Zeit mit dir. Und glaube mir, ich werde absolut nichts auslassen. So zurückhaltend wie heute werde ich nicht immer sein. Wir sehen uns gleich beim Essen.“

Kiara sprang noch einmal kurz unter die Dusche. Wenige Augenblicke später machte sie den zweiten Versuch, nun endlich etwas in ihren Magen zu bekommen. Mark hatte ihr ihre Kleidung bereits zurechtgelegt, auf die er mit einer Handbewegung wies.

„Kiara, was ist deine Lieblingsspeise?“

„Ah, ich esse eigentlich fast alles gern. Ich mag gerne Süßes, Spaghetti in jeder Form, Pizza, aber auch Fleisch- und Fischgerichte.“

„Na, da wirst du dich wohl ziemlich umstellen müssen. Du erinnerst dich hoffentlich noch: Dein Körper ist mein Eigentum. Und ich achte sehr darauf, dass es diesem gut geht. Süßes, Spaghetti, Pizza, Körnerfraß, Brot, Softdrinks und was es sonst noch so alles geben mag: Ist ab heute nicht mehr.“

Kiara sah ihn verständnislos an. „Ja, eh, und was dann?“

„Deine Hauptspeise wird Fleisch sein. Wie meine übrigens auch. Heute Abend habe ich einen kalten Braten angeschnitten, dort hast du ein paar Saucen, die Sauce Bernaise ist nicht zu verachten, dazu gibt es etwas Gemüse, ein paar Kartoffeln. Du tust gut daran, dich in erster Linie am Fleisch zu halten."

„Ich mag Fleisch, und ehrlich gesagt, Mark, ich würde heute Abend fast alles essen."

Mark und Michael lachten.

„Ich lasse mir das Essen manchmal von Feinkost Meyer ins Haus kommen, so auch heute. Aber noch häufiger gehe ich ausessen. Manchmal sind das Geschäftstermine, dann müsstest du dich selbst versorgen, darüber reden wir noch. Ansonsten möchte ich von dir begleitet werden, allerdings dann in einer angemesseneren Kleidung, die wir noch zusammen aussuchen werden. Auch bin ich gelegentlich privat eingeladen. Für manche dieser Einladung wärst du jetzt schon recht gut angezogen."

Kiara schaute irritiert von ihrem Essen auf.

„Habe ich das jetzt richtig verstanden? Du möchtest, dass ich zu dir ziehe. Und wir gehen zusammen auf Sex-Parties?"

„Ich möchte nicht, dass du zu mir ziehst, sondern du wirst zu mir ziehen."

Marks Blick verfinsterte sich. „Rede ich hier vielleicht mit den Wänden, oder was? Du wirst nächste Woche einen Umzug organisieren, hierher ziehen und deine Wohnung auflösen. Meinst du ich lasse mich auf eine Sklavin ein, die jederzeit flennend das Haus verlassen kann? Du kannst deine ganzen Geschäfte von hier aus erledigen. Dir wird es an nichts fehlen."

Kiara erschrak ein wenig ob seines harschen Tonfalls. „Aber wie soll das in der Praxis gehen, Mark? Ich muss manchmal mit Redaktionen reden, meine Manuskripte anbieten und besprechen. Vieles ist heute über das Internet möglich. Aber ganz normale Face-to-Face-Meetings sind noch immer nicht vollständig zu ersetzen. Außerdem bin ich hin und wieder zu Kongressen eingeladen, andere möchte ich von mir aus besuchen. Ja und dann habe ich einige Freundinnen, die ich auch nicht aufgeben möchte."

„Du wirst einen eigenen kleinen Wohnbereich haben, der auch separat begehbar ist. Dort kannst du auch Besuch empfangen. Allerdings hast du kein Recht, das Gelände ohne Absprache zu verlassen. Du kannst Freundinnen in der Stadt, in deren Wohnungen oder wo auch immer besuchen, allerdings möchte ich darüber Bescheid wissen. Sollte es noch irgendein Sexualverhältnis geben: Dies ist hiermit beendet. Deine Sexualität gehört ab sofort ausschließlich mir. Kongresse, Veranstaltungen und Redaktionen kannst du natürlich auch aufsuchen. Auch hier gilt: Du musst mich vorher informieren, damit ich planen kann."

„Aber ich muss dann manchmal mehrere Tage im Hotel übernachten. Im Herbst bin ich zu einem Kongress über Gender Mainstreaming in Berlin eingeladen, der dauert drei Tage, und da habe ich mich bereits angemeldet."

„Was auch immer das sein mag, was du da aufsuchst, vielleicht überlegst du es dir noch einmal, ob das auf Dauer besonders zielführend ist, aber natürlich kannst du solche Veranstaltungen besuchen und dabei im Hotel übernachten. Allerdings behalte ich mir vor, dir einen Stellvertreter zu schicken."

„Einen Stellvertreter? Wie meinst du das?"

„Ich habe in vielen Städten ein paar Freunde oder Geschäftspartner. Außerdem arbeite ich schon länger mit verschiedenen Agenturen zusammen, bei denen man Frauen und Männer buchen kann."

„Und?"

„Na, das würde zum Beispiel so laufen. Du hast dich bis spätestens um 22:00 Uhr auf deinem Zimmer einzufinden. Irgendwann klopft es an der Tür. In den nächsten Stunden wirst du dich dann dem Mann, der Frau oder vielleicht auch mal einem Paar zur Verfügung stellen und zwar rückhaltlos. Die Personen werden von mir instruiert, wie sie vorzugehen haben, und du hast keinerlei Rechte, an dem Szenario etwas zu ändern. In allen Fällen wirst du nicht kommen dürfen, die Personen werden strikt darauf achten, vielleicht werden sie dich bewusst ein paar Mal bis kurz davor stimulieren. Also überleg es dir gut, bevor du eine längere Veranstaltung buchst: Ich werde es dir nicht verbieten, aber es dürfte mit jedem Tag für dich schwerer werden. Natürlich gelten für die Stellvertreter andere Gesetze. Die hast du bedingungslos zu befriedigen. Vielleicht wird dich aber auch mal ein Freund oder eine Bekannte auf deiner Reise begleiten. Die entscheiden dann selbständig, was mit dir zu geschehen hat. In jedem Fall möchte ich, dass kein Tag vergeht, an dem du nicht sexuell beherrscht und benutzt wirst. Du brauchst das."

Kiara wagte es nicht auch nur mit einem Wort zu widersprechen, zu sehr strömte das Wasser zwischen ihren Beinen. Sie senkte ihren Blick, um sich wortlos wieder ihrer Mahlzeit zu widmen.

„Soll ich dir ein Handtuch bringen, Liebling?"

Kiara errötete. Dann stimmte sie aber in das Gelächter der beiden anderen ein.

Den Rest des Abends vertieften sich Mark und Michael in geschäftliche Themen, während sie abwechselnd mit Kiara spielten, die sich längst wieder ihrer Kleidung entledigt hatte.

Der zweite Tag

Der Tag begann mit einer längeren Einkaufstour durch diverse Boutiquen und Schmuckgeschäfte. Kiara probierte gerade einige der neu erstandenen Kleidungsstücke an, als Mark sie in ihrem Zimmer aufsuchte.

„Du kannst das so anlassen, Liebling. Wir müssen weg. Komm bitte."

Kiara folgte ihm zum Auto.

„Wohin bringst du mich?"

„Zu Klaus."

Kiara hielt es für ratsam keine weiteren Fragen mehr zu stellen. Offenbar wollte Mark nicht mehr sagen. Vielleicht wollte er sie aber auch nur auf die Folter spannen.

Klaus war ein sehr muskulöser Mann von hünenhafter Gestalt. Auf Kiara wirkte er wie ein Bodybuilder.

„Darf ich vorstellen: Kiara, Klaus. Klaus wird in den nächsten Monaten dein persönlicher Fitnesstrainer sein. Du wirst ihn zweimal die Woche aufsuchen und vielleicht drei Stunden mit ihm trainieren. Du kannst ihn ganz leicht mit dem Taxi erreichen."

„Aber nun habe ich gar keine Trainingssachen dabei. Erst im Frühjahr habe ich mir ein paar Super-Schuhe zugelegt."

„Für dieses Training benötigst du keine Trainingssachen. Es geht nicht darum wie lange und schnell du laufen kannst. Das wichtigste ist die Stärkung deiner Rumpfmuskulatur: Bauch, Becken, Rücken und so. Es geht darum, uns möglichst ausdauernd zur Verfügung zu stehen. Natürlich wird Klaus sich ein Bild deines jeweiligen Entwicklungsstands machen."

Kiara schaute ihn mit großen Augen an. Innerlich schüttelte sie über sich den Kopf. „Ach wie naiv ich doch immer noch bin. Langsam sollte es doch mal klar sein, was dieser Mann mit mir vorhat. Ich brauche heute Abend auch gar nicht zu fragen, warum ich so viel Fleisch essen soll. Aus irgendeinem Grund wird man mich dann besser oder länger ficken können, was weiß ich? Ich lasse jetzt einfach mal alles auf mich zukommen, keine großen Fragen mehr, und auch keine Dramen, es hat ja eh keinen Zweck. Wenn etwas Neues angeordnet wird, dann nur weil sie mich dann noch besser rannehmen können."

Mark schien ihre Gedanken zu erahnen. „Liebling, mach dir keinen Kopf. Du weißt was deine Aufgaben sind. Die sollst du optimal erfüllen können. In deine anderen Interessen musst du selbst investieren. Ich kann dich gerne dabei unterstützen. Aber um deine Aufgabe, mir und anderen Lust zu bereiten, kümmere ich mich selbst."

Bei diesem ersten Training blieb Mark noch ausnahmsweise anwesend. Er sah zu, wie sie ihre Rücken- und Bauchmuskulatur stärkte, wie sie ihre Ausdauer in verschiedenen Positionen verbesserte. Und wie Klaus sie mehrmals testete.

Zu Hause nahm sie erst einmal ein heißes Bad. Ihre Muskeln waren müde. Am liebsten wäre sie auf der Stelle eingeschlafen. Sie saß im Bademantel auf dem Bett und döste vor sich hin, als Mark zu ihr kam.

„Liebling, zieh dir bitte etwas Hübsches an. Ich möchte mit dir Essen gehen.“

Eigentlich war sie zu erschöpft zum Essen. Aber irgendwas würde sie bestimmt noch runterkriegen.

„Was macht eigentlich deine Klitoris.“

„Ach, die ist sehr angespannt, weil ich bislang noch nicht gekommen bin. Warum fragst du? Möchtest du sie mir sicherheitshalber überreizen?“

Kiara war nach den Anstrengungen des Tages viel zu müde, als sich über so etwas noch große Gedanken zu machen. Sollte er es wollen: sie würde ihre Beine breit machen und hinhalten. Es wäre schön, wenn er sie endlich mal kommen ließe, denn es hatte sich sehr viel Sexualität in ihr aufgestaut. Aber heute Abend würde sie auch so sofort einschlafen.

Er kam auf sie zu und gab ihr einen langen Kuss. „Nein, das hatte ich nicht vor, vielleicht morgen Abend, bevor du nach Hause gehst, um deine Sachen zu regeln. Ich kann dich ja nicht einfach so in der Gegend herumstreunen lassen.“

Er streifte ihr ihren Bademantel ab und nahm sie zärtlich in seine Arme. Er war erstaunt, wie wehrlos und zerbrechlich sie jetzt war.

„Ich bin sehr mit dir zufrieden, Liebling. Deine Antwort eben gerade hat mich sogar regelrecht gerührt. Dass du nach den zwei Tagen, die für dich bestimmt nicht leicht waren, noch wie selbstverständlich dazu bereit bist, für weitere Tage auf einen Höhepunkt zu verzichten, ehrt dich wirklich. Du wirst eine perfekte Sklavin werden. Du wirst vielen Menschen Freude bereiten. Dies ist nicht wenig. Wer kann das schon von sich selbst behaupten? Komm setz dich für einen Moment hier vor mich hin."

Kiara gehorchte, nackt und müde wie sie war. Ihr Kopf kam auf seinem Schlüsselbein zum Liegen. Sie war nun völlig entspannt. Wenn er wollte, dann würde sie ihm auch jetzt wieder alles bieten. Seine rechte Hand wanderte ganz langsam über ihren Körper, dann ihre Brüste, ihren Bauchnabel, ihren Venushügel, um schließlich in ihrer Lustgrotte ihr Ziel zu finden. Mit der linken Hand umschlang er ihre rechte Brust. In den nächsten Minuten erlebte Kiara die beiden intensivsten Höhepunkte ihres Lebens.

Der dritte Tag

„Wie geht es dir heute, Liebling?"

Mark riss die Gardinen in ihrem Zimmer auf. Die Sonne kitzelte auf ihrer Nase.

„Hi, Mark. Wieviel Uhr ist es?"

„Es ist schon zehn. Scheinbar war das gestern doch ein bisschen viel für dich."

„Ist schon ok. Mein Körper fühlt sich zwar an, als wäre ein LKW darüber gerollt, aber wenn ich mich gleich ein wenig strecke und unter die Dusche springe, dann sieht bestimmt schon alles wieder viel besser aus."

„Dann mach das. Denn vor dem Frühstück gibt es noch ein Training."

„Schon wieder ein Training? Ich denke, ich muss da nur zweimal in der Woche hin." Kiara versuchte ihre Haare zurechtzuwuscheln.

„Heute Morgen trainierst du mit dem Sybian."

„Mit dem was?"

„Du wirst schon sehen. Lass dich überraschen. Wenn du fertig bist, erwarte ich dich in meinem Arbeitszimmer. Du trägst lediglich dein Halsband, das du dir ja immer umzubinden hast."

Eine halbe Stunde später war Kiara so weit. Sie war immer noch recht schläfrig. Eine Tasse Kaffee hätte ihr jetzt gut getan.

„Darf ich nicht erst einmal einen Kaffee trinken. Ich bin noch ziemlich verträumt."

„Das, was jetzt kommt, ersetzt zehn Tassen Kaffee."

Kiara schaute ihn verwundert an.

Mark führte sie in einen Nebenraum, in der sich eine Maschine mit einer Penis-artigen Ausbuchtung befand. Er befeuchtete den Kunstpenis mit etwas Gleitgel, um sie dann zu bitten, sich auf die Maschine zu setzen und das Glied in sich einzuführen. Mark legte Gurte um ihre Ober- und Unterschenkel, die ihr die Bewegungsfreiheit ihrer Beine nahmen. Dann fesselte er ihre Handgelenke mit Lederarmbändern, schloss diese zusammen, befestigte eine Kette daran und zog sie zur Decke hoch. Sie war nun gestreckt und fixiert.

Als er die Maschine anstellte, spürte Kiara sofort, welcher Art diese Höllenmaschine war.

„Mark, du hast mich doch gebeten, mich zurückzuhalten. Hier werde ich unweigerlich zum Orgasmus kommen. Ich werde das nicht aufhalten können, es sei denn du nimmst das Tempo etwas heraus."

„Liebling, ich verfolge eine Doppelstrategie. Du sollst lernen, deinen Höhepunkt zu verhindern. In den nächsten Monaten wirst du dich mit den dafür erforderlichen taotischen Techniken beschäftigen. Du sollst uns deine ganze sexuelle Energie zur Verfügung stellen und sie nicht einfach verpulvern. Daneben möchte ich deine Orgasmusfähigkeit trainieren. Das ist ein schöner Gegeneffekt. Einerseits wirst du immer orgasmusfähiger, andererseits wirst du lernen, deinen Höhepunkt perfekt zurückzuhalten. Eine sehr anspruchsvolle Aufgabe für eine perfekte Sklavin, ich freue mich sehr darauf, dich in dieser

Weise zu erziehen. Du wirst Höhepunkte auf dieser Maschine erleben, aber ich werde es dir dabei nicht zu leicht machen. Alle anderen Orgasmen werden ganz seltene Geschenke an dich sein."

Kiara spürte, wie sie langsam auf den ersten Höhepunkt zusteuerte.

„So, als erstes werde ich dir mal eine Busenkette anlegen. Aber eine, die dich auch ein bisschen fordert."

Schmerz umspannte ihre Brust. Als sie das erste Mal ihren Höhepunkt erreichte, zerrte Mark gleichzeitig leicht an ihrer Kette. Orgasmus und Schmerz verbanden sich zu einer Einheit. Die nächste halbe Stunde kam sie vielleicht noch zehn weitere Male, wobei Mark sie jeweils eingehend mit der Peitsche behandelte. Als er die Maschine abstellte und sie von ihren Fesseln befreite, sank sie erschöpft und mit ihren Kräften am Ende in sich zusammen. Sie schwitzte am ganzen Körper.

Mark hob sie an und küsste sie zärtlich auf den Mund. Sofort schlang sie ihre Arme um seinen Hals. Sie fühlte sich jetzt sehr weiblich, ihm völlig ausgeliefert und doch auch geborgen.

„Komm Liebling. Ich werde dich erst ein wenig massieren, danach gibt es dann Frühstück. Du musst einen Bärenhunger haben. Vielleicht wird man sich deiner heute noch ein paar Mal bedienen, aber den schwereren Teil hast du für heute hinter dir. Ich bin sehr stolz auf dich." Er gab ihr einen Kuss, den sie erwiderte.

Nach einem ausgiebigen Frühstück, bei dem sie einen ganzen Berg Rühreier verdrückte, verbrachte Kiara einen eher geruhsamen Tag. Mark zeigte ihr ihre zukünftigen Räume. Dann gab er ihr eine Business-Karte einer Umzugsfirma in die Hand und wies sie an, alles Notwendige zu erledigen, damit sie spätestens am nächsten Wochenende bei ihm eingezogen sei. Sie versprach ihm, alles wunschgemäß zu erledigen.

Am Nachmittag fand sich noch ein Geschäftspartner Marks ein. Auch ihm war sie zu Willen. Schließlich kam dann aber der Moment des Abschieds.

„Hast du einen Slip an?"

„Nein. Ach du willst bestimmt … Muss ich dann nicht spätestens am Mittwoch hier wieder erscheinen, damit du…?"

„Nein, das habe ich nicht vor. Ich werde dir vertrauen, denn du hast mich bislang nicht enttäuscht. Du wirst bestimmt nicht gleich in der Gegend herumstreunen, also kann ich mir so etwas ersparen. Ich bin eher daran interessiert, deine Prüfung etwas zu erschweren."

„Erschweren? Inwieweit?"

„Nun, du bist eine junge Frau, eine junge läufige Hündin sozusagen. Aber du sollst in den nächsten Tagen deinem Sexualtrieb widerstehen. Und das möchte ich dir etwas erschweren."

„Und wie?"

„Setz dich bitte genau zwischen mich, den Rücken mir zugewandt. Und schieb deinen Rock hoch. Ich werde dich nun ein wenig fingern. Du hast ja heute deine Orgasmusfähigkeit trainiert. Diese Erfahrung erschwert es dir, dich zurückzuhalten. Also ich möchte, dass du mir genau mitteilst, wenn du ganz kurz vor deinem Höhepunkt bist. Bist du soweit?"

In der nächsten Stunde wurde Kiara fünf Mal von Mark bis unmittelbar vor einen Höhepunkt gebracht. Sie hätte am liebsten geschrien, um ihn zu einer weiteren Stimulation zu bewegen. Aber er hörte immer genau rechtzeitig auf.

„So, ich denke nun bist du soweit."

Er gab ihr einen festen Klaps auf ihren Po.

„Ich bringe dich jetzt zu deiner Wohnung. Vergiss nicht: In dieser Woche gibt es keinen Sex, du legst bei dir keine Hand an und die Brause wird auch nur zum Duschen verwendet. Und Sex mit anderen ist strengstens verboten. Verstanden?"

„Ja, verstanden, Mark." Kiara seufzte. Dies würde weiß Gott keine leichte Woche werden.

Ellen und Alina

Nehmen

Ellens dunkelgrüne Augen funkelten Kiara an. Sie war eine hochgewachsene Frau von vielleicht 40 Jahren, sehr modisch und elegant gekleidet, so wie es nur die Leute vermögen, die schon mit Geld geboren werden. Mark hatte Kiara am Morgen bei Ellen abgeliefert. Einen Grund hierfür nannte er nicht.

Ellen forderte Kiara auf, sich auszuziehen und sich auf ein am Ende des Raumes befindliches großes Bett zu legen. Ellen setze sich neben sie. Mit einer schnellen Bewegung fasste sie ihr an die Brust. Kiara zuckte unwillkürlich zurück. Diese Frau machte ihr Angst.

„Hör mal Kleine. Du kannst es auf zweierlei Arten haben. Entweder du machst alles, was ich will, dann werden wir ein wenig Spaß miteinander haben, oder du spielst verrückt, und dann werde ich es mir auf andere Weise holen müssen. Das wird dir bestimmt nicht gefallen.“

„Stehst du auf Frauen?“ fragte Kiara.

„Damit wir mal eins gleich klarstellen. Ich möchte nicht gefragt werden, während ich dich benutze. Reden darfst du nur, wenn ich es dir erlaube. Ist das klar?“

Ihre Stimme klang kalt.

Kiara nickte, um nur ja keinen weiteren Fehler zu begehen.

„So ist es schon besser. Aber ich will mal ausnahmsweise deine Frage beantworten. Nein, ich stehe nicht auf Frauen. Aber ich benutze sie gerne als meine Sklavinnen. Manchmal gebe ich sie dann an Mark weiter, dafür revanchiert er sich mit seinen Sklavinnen. Eine Hand wäscht die andere. Ich habe gerne immer wieder andere Mädchen. Ich mag dieses Nehmen, mir alles nehmen. Wunderbar finde ich es immer, wenn ich eine dann später mal mit ihrem Freund auf irgendeiner Party treffe. So wie ich sie hatte, wird ihr Freund sie nie bekommen. Und ich schaue sie dann an wie etwas, was ganz mir gehört. Und ich genieße ihre Verlegenheit dabei. Andere würden sich mir sofort an den Hals werfen, damit ich es gleich dort vor Publikum noch einmal mit ihnen mache. Für die habe ich nur Verachtung übrig. Ich mag mehr die Schüchternen, die sich noch dafür schämen, dass sie mir in die Hände gefallen sind. Aber auch die sind letztendlich für mich nur ein Stück Fleisch, was ich mal in den Fingern hatte. Wertlose Hühner mit hübschem Körper und sonst nichts.

So, und Mark wird dir sicherlich schon einiges beigebracht haben. Ich hoffe dass du das noch im Kopf hast. Denn ich habe keine Lust mich hier mit einer Zicke abzumühen. Wenn ich etwas will, dann wird das gemacht, klar?“

Kiara nickte. Und gleichzeitig stieg ihr die Schamesröte ins Gesicht. Sie wusste schon jetzt, sie wäre auch eine von den Schüchternen. Sie schämte sich dafür, wie sie jetzt entblößt und wehrlos vor dieser eleganten Frau lag, wie sie sich ihr präsentierte.

„Zunächst werden wir dich einmal rasieren. Alina, meine Sklavin kann das sehr gut. Mich wundert immer, wie wenig Wert Mark darauf legt, selbst die Schlüpfer nimmt er euch nicht weg, na ja. Aber das wird sich ändern. Ab jetzt hat dein ganzer Körper stets komplett rasiert zu sein. Alina!“

Sie rief sehr laut nach ihrer Sklavin, und schon bald waren eilige Schritte zu hören. Es trat eine wunderschöne, etwas orientalisch anmutende, noch sehr junge Frau ein, die am Körper lediglich ein aus Silberschmuck bestehendes transparentes Kleid trug. Kiara fühlte sich sofort zu ihr hingezogen.

„Rasier sie, aber sorgfältig. Ich möchte sie in ihrer vollen Pracht erleben, so wie sie vorher noch keiner gesehen hat. Und du, Kindchen“ nun zu Kiara gewandt „lass dir schon mal alles durch den Kopf gehen, was du bisher gelernt hast. Das gilt auch für die Zeit, in der dich Alina rasiert.

Ach ja Alina, sorg dafür, dass sie danach für mich leicht zugänglich ist.“ Und mit diesen Worten rauschte sie zur Tür hinaus.

Kiara bekam Panik. Ihre Scham stieg ins Unermessliche, gleichzeitig wurde ihr bewusst, wie unausweichlich die Situation war. Sie versuchte sich zu entspannen. Sie ließ sich die Lektionen noch einmal durch den Kopf gehen. Viele Dinge waren ihr aber ohnehin längst in Fleisch und Blut übergegangen. Allerdings war es ihr unangenehm, sich auf diese Weise gegenüber Ellen zu präsentieren. Männer waren fremder, das machte die Sache einfacher. Dieser Frau gegenüber aber fühlte sie sich besonders nackt, wehrlos und offen.

Sie entschloss sich, auf jeden Fall zu gehorchen. Ellen würde sich ja doch bei ihr durchsetzen. Sie wirkte grausam, und ihre abfällige und beherrschende Sprache verstärkte nur den Eindruck. Wenn sie nicht das machte, was Ellen von ihr verlangte, dann würde sie sehr viele Schmerzen ertragen müssen und es dann doch tun. Dann es lieber gleich tun, auch wenn es sie in ihrer Würde verletzte.

Während Alina sie einseifte, schob sie ein wenig ihr Becken nach vorne. „So, das ist bestimmt das, was von mir erwartet wird“, dachte sie. Sie hatte schon immer mal mit dem Gedanken gespielt, sich ganz zu rasieren, aber Jens wollte das nie. Er wollte zum Beispiel nicht, dass andere sie so in der Sauna sahen, die sie einmal in der Woche besuchten. Sie hatte nie herausgefunden, ob er befürchtete, andere könnten dann alles bei ihr einsehen oder vielleicht denken, sie sei besonders leicht zu haben. In ihrer Sauna war nur eine einzige Frau rasiert. Sie hätte ihn ja auch mal nach seinen wirklichen Gründen fragen können, das aber wiederum traute sie sich nicht.

Derweil setzte Alina das Messer an und Kiara bewegte sich ihm wieder ein Stück entgegen.

„Bitte halte jetzt ganz still“ sagte sie nur, und Kiara wusste genau, was sie meinte.

Die Prozedur dauerte bestimmt zehn Minuten, dann verschwand Alina ganz kurz und kam mit einer Schüssel Wasser, einem Handtuch und einem Waschlappen wieder, womit sie den restlichen Rasierschaum entfernte. Sie machte alles mit großer Anmut und Demut.

Alina räumte die Schüssel weg und setzte die Reinigung von Kiaras nun rasiertem Unterleib fort. Danach cremte sie sie noch ein wenig ein. Nachdem sie alles entsorgt hatte, beugte sie ihren Kopf zwischen Kiaras Schenkel und begann ihre nun völlig entblößte Spalte zu lecken. Kiara öffnete ihre Schenkel besonders weit und schob ihr ihr Becken entgegen, und zwar im gleichen Rhythmus, wie Alina mit ihrer Zunge in sie eindrang. Alina machte dies mit großer Leidenschaft und Kiara wurde sofort sehr feucht.

„Ich darf eigentlich kein Wort mit dir reden", flüsterte Alina. „Bitte sei ganz leise. Sie kommt erst in etwa 15 Minuten wieder. Ich soll dich nur feucht machen, damit du dich entspannst und sie es dann gleich leichter hat. Darf ich dich unten ein wenig küssen? Ich mag dich. Du bist sehr schön."

Kiara richtete sich ganz kurz auf und gab dem verdutzten Mädchen einen Kuss auf den Mund. Alina gefiel ihr sehr. In ihrem Schmuckkleid sah sie wunderschön aus. Freudig ließ sie sie gewähren. Mit einer Hand streichelte sie dabei Alinas Haare.

Wenig später erschien Ellen. „Alina, mach die Kleine noch ans Bett fest."

Alina legte Kiara lederne Fuß- und Handgelenk-Fesseln an, die anschließend an den Bettpfosten befestigt und festgezurrt wurden. Kiara war nun gespreizt und fixiert.

„So Kleines, nun will ich mich mal ein wenig um dich kümmern. Hattest du schon mal Sex mit einer Frau?"

„Darf ich antworten?"

„Ja würde ich dich sonst fragen? Was ist bloß mit euch Mädchen heutzutage los?"

„Nein, noch nie."

Aus irgendeinem Grund zog es Kiara vor, Ellen diesbezüglich nicht die Wahrheit zu sagen.

„Würdest du es denn gern mal mit einer Frau versuchen?“

„Ja gereizt hat mich das schon immer, sogar auf der Schule habe ich mal daran gedacht.“

„Lass besser die Finger davon. Ist nur so ein Schmusekram der sowieso keinem was bringt. Ich stehe mehr auf harten Sex.“

Sie stand auf, kramte kurz in einer Schublade, und kehrte mit einer Tube Gleitgel zurück.

„Ich sag es dir ganz offen. Ich sehe Frauen in erster Linie als Konkurrentinnen. Von den Männern will ich was. Die sind für mich auch auf gleicher Ebene. Frauen möchte ich erniedrigen und mir unterwerfen. Besonders viel Spaß macht das natürlich, wenn eine so hübsch gebaut ist wie du.

Ich weiß ja nicht, wie viele Schwänze sie dir schon reingeschoben haben. Der Mark wird dich bestimmt ganz schön auf Trab halten. Aber heute bekommst du es mit einem ganz besonders großen Ding zu tun, nämlich meiner Faust.“

Als wenn Kiara es geahnt hätte. Sie hatte so etwas schon einmal im Internet auf Fotos gesehen, konnte sich aber nie richtig vorstellen, wie das bei ihr funktionieren sollte. Schließlich war sie ziemlich eng gebaut. Aber bei Lisas Monster-Vibrator war es ihr ja auch gelungen, obwohl sie es nicht gedacht hätte.

„Schätzchen, du musst dich nur entspannen. Den Rest überlasse einfach mir. Ich schaffe das bei allen, glaube mir. Hundertprozentig! Wenn es dann soweit ist, macht Alina noch ein paar Fotos von dir und die stelle ich dann ins Internet. Mark will dich doch so anschauen können. Allerdings bekommst du noch einen Balken vors Gesicht. Mark besteht darauf. Ich würde das einer Sklavin nicht zugestehen. Ist aber seine Sache. Von Alina haben wir eine ganze Serie wunderschöner Cumshots und Blowjobs. Die schaue ich mir manchmal selbst noch an. Cumshots und Blowjobs mit einer Lesbe. Wer kann damit schon aufwarten?“

Kiara widerte es regelrecht an, diese Frau nun gleich an ihr herumhantieren zu lassen. Aus ihrem Mund schienen nur Respektlosigkeiten zu kommen. Aber noch mehr leid tat ihr Alina. Wie demütigend musste es für dieses sanfte, anmutige und nur auf Frauen stehende Mädchen sein, ständig zu Cumshot-Fotos genötigt zu werden.

Kiara versuchte sich zu beruhigen, weil sie sonst verkrampfen würde, und das wäre nicht gut bei dem, was Ellen mit ihr vorhatte.

Die nächste Stunde bewegte sich Ellen langsam in Kiaras Scheide voran. Erst waren es nur ein paar Finger, doch dann folgte sukzessive die ganze Hand. Schließlich war ihr halber Arm verschwunden.

Alina machte die versprochenen Fotos.

„So, Kindchen, den kleineren Teil haben wir geschafft. Nun werde ich meine Hand langsam zu einer Faust formen und dann wirst du noch auf diese Weise gefickt. Viele Mädchen bringe ich damit zum Abspritzen. Enttäusche mich nicht. Das ist für mich nämlich immer der Höhepunkt der Sitzung.

Ach ja, du brauchst erst gar nicht zu versuchen nicht zu kommen. Wirst du sowieso. Und das nicht nur einmal.“

Wenig später wusste Kiara, wie Recht Ellen hatte. Nach dem sie eine Faust gebildet hatte, bewegte sie ihren Arm in Kiaras Scheide wie einen riesengroßen Penis hin- und her. Mit der anderen Hand quälte sie ihre Nippel. Nach kurzer Zeit gab es für Kiara kein Halten mehr. Sie entlud sich in mehreren intensiven Orgasmen. Irgendwann hatte Ellen ihren G-Punkt so gereizt, dass sie sogar kräftig abspritzte. Alina hielt alles in Bildern fest.

Ellen war zufrieden. Dann hockte sie sich über Kiaras Mund, um sich von ihr mit der Zunge verwöhnen zu lassen. Dabei bedachte sie Kiara – und Frauen generell – mit weiteren verbalen Respektlosigkeiten.

„Na, das hat doch alles wunderbar geklappt. Mal wieder ein Mädchen mehr. Alina, rufe bitte den Kurt an, der soll jetzt kommen und der Kiara ihren Schmuck anlegen.“

Kiara war noch viel zu erschöpft, um sich darüber zu wundern.

Tattoo

„Du bekommst noch ein paar Piercings in deine Schamlippen. Und hier auf der Seite deines Venushügels machen wir dir noch ein kleines Tattoo mit einer Schlange in E-Form. Das ist mein Brandzeichen. Daran können dann andere unmittelbar sehen, dass du von mir getestet wurdest. Viele Dominas wählen ihre Dienerinnen danach aus. Achte mal auf Parties darauf, welche Mädchen so etwas haben. Die habe ich dann alle schon gehabt. Du gehörst nun auch zu diesem exklusiven Club. Sorge für eine regelmäßige Rasur, damit das Brandzeichen immer schön sichtbar bleibt. Ich wollte dir noch ein Zungenpiercing verpassen, weil meine Freundinnen zum Teil auf so etwas stehen. Die spüren dann mehr, wenn sie geleckt werden. Aber Mark war dagegen. Na ja, was nicht ist, kann ja noch werden. Vielleicht rangiert er dich mal aus, und dann gilt: neues Spiel, neues Glück.“

Eine halbe Stunde später erschien Kurt.

„Kurt, nach deinem Werk braucht sie ja erst mal ein paar Tage Ruhe. Also wenn du dich noch ein bisschen vergnügen möchtest, dann am besten jetzt. Ist eine ziemliche Süße, lohnt sich bestimmt. Außerdem ist sie im Moment noch gut geweitet. Du dürftest also ganz leicht in sie reinkommen. Ach ja, wenn du dich auch bei Alina bedienen möchtest, dann tue dir bitte keinen Zwang an.“

„Danke, ich sehe schon. Ja, die lasse ich mir nicht entgehen.“

Kurt zog sich aus, streifte sich ein Kondom über und trieb dann für vielleicht 15 Minuten ein sehr einsames Spiel, an dem er Kiara nicht beteiligte. Danach drang er noch ähnlich teilnahmslos in Alina ein. Sie stützte sich dabei, ihren Blick zur Wand gerichtet, auf einen Tisch.

„Alina, reinige bitte ihren Unterleib. Da klebt noch überall Gleitgel dran. Der ganze Bereich muss praktisch steril sein, sonst kann ich nicht arbeiten.“

Kurt arbeitete schnell und effizient. Eine Stunde später trug sie den von Mark zur Verfügung gestellten Intimschmuck und das von Ellen beauftragte Tattoo.

Unendlich weiblich

Ellen ließ Kiara an die Decke anbinden, und zwar so, dass sie den Boden nur noch mit den Zehenspitzen berührte. Ihre einzige Kleidung war ihr Halsband und ihr neuer Intimschmuck.

„So Kindchen, und damit du die von Kurt dir bereiteten Schmerzen schneller vergisst, werde ich mich noch ein wenig mit deinem Rücken beschäftigen.“

In der nächsten Stunde ließ Ellen ihre Peitsche auf Kiaras Rücken nieder. Nach einigen Schlägen legte sie jeweils Pausen ein, damit ihr Arm, aber auch Kiara, sich etwas erholen konnten. So schien auch Mark diese Prozedur zu praktizieren und genießen.

Alina hatte die Aufgabe, sie dabei festzuhalten.

„Ich kann es nicht ab, wenn sich eine freche Göre wie du sich meinen Schlägen entziehen möchte. Alina, halte sie an ihrer Hüfte fest, damit ich die Schläge schneller und präziser ausführen kann.“

Und so kam es, dass Kiara, durch ihre Aufhängung nun etwas größer, bei jedem Peitschenhieb mit ihrem entblößten Busen den Hals oder häufig sogar die Lippen Alinas berührte. Sie vergaß die ihr zugefügten Schmerzen und konzentrierte sich ganz auf die sie liebkosenden Hände und das sie nach jedem Schlag empfangende weiche Kissen der Zuneigung. Ihr Körper schien jetzt Peinigungen in Liebe zu verwandeln. Sie befand sich in einem Zustand der völligen Hingabe.

Etwa eine Stunde nach Beendigung der Tortur holte Mark sie ab. Sie hing kraftlos in ihrer Aufhängung. Mark nahm sie herunter, befreite sie von ihren Fesseln, liebkoste sie am ganzen Körper, nahm sie in seine Arme und trug sie hinaus. Dort schwang sie ihre Arme um seinen Hals, während er sie immer wieder auf ihren Mund küsste. Sie fühlte sich in diesem Augenblick unendlich weiblich, zumal sie jetzt noch einen Teil Alinas in sich verspürte.

„Bist du mein Ritter, der gekommen ist, um mich von der bösen Hexe zu befreien?“

Mark grinste: „Ich will diese freche Bemerkung jetzt einmal ausnahmsweise überhört haben.“

Die Liebkosungen Marks endeten auch zu Hause nicht. Immer wieder streichelte und küsste er sie. Schließlich nahm er sie ein letztes Mal in ihrer engsten Stelle, woraufhin sie in einen tiefen Schlaf verfiel.

Dr. Feldmann

Miriam

Kiara hatte sich mit Marks Erlaubnis mit ihrer besten Freundin Miriam für einige Stunden im Maincafé verabredet. Sie liebte diesen Ort. Einerseits saß man direkt am Main und hatte von hier aus einen ungehinderten Blick auf die Skyline Frankfurts, andererseits lag das Café in unmittelbarer Nachbarschaft zum Museum für Kommunikation, dem Ort, an dem sie Mark zum ersten Mal begegnete. Die ganze Gegend hatte für sie seitdem etwas Schicksalhaftes an sich.

Die beiden Freundinnen hatten viel zu bereden, allerdings wagte Kiara es nicht, Miriam die volle Wahrheit zu gestehen, schließlich war sie ja schon einmal mit ihren Phantasien bei ihr auf Unverständnis gestoßen. Die Art und Weise ihres Verhältnisses zu Mark wollte sie nicht preisgeben, wenngleich ihre Freundin fortlaufend versuchte, ihr irgendwelche Details zu entlocken. Später waren sie ins N.Y.C. weitergegangen, um noch etwas zu Abend zu essen. Kiara bestellte sich zur Verwunderung ihrer Freundin ein medium gegrilltes Rib-Eye-Steak mit Salat, dazu trank sie Wasser.

„Was ist denn mit dir los? Seit wann ziehst du dir die großen Steaks rein?"

„Nun ja, Geld ist momentan nicht mein Problem."

„Aber Kiara, du willst mir doch nicht weismachen, dass du früher Spaghetti gegessen hast, nur weil die billiger als dein Steak da sind?"

„Doch, ich glaube schon. Jetzt wo ich nicht mehr aufs Geld achten muss, esse ich lieber Fleisch."

Kiara schämte sich innerlich, Miriam so zu belügen. Das hatte sie wirklich nicht verdient.

Doch dann begann sie Miriam von ihrem Buchprojekt zu erzählen, und ehe sie sich versahen, war es draußen dunkel.

„Trinkst du noch ein Gläschen Wein mit? Ich muss dir noch etwas von Paul erzählen.“ Paul war Miriams Freund.

Die Pflichtverletzung

Kiara schaute auf die Uhr und erschrak. Sie hatte Mark versprochen, gegen 22 Uhr zurück zu sein und nun war es bereits deutlich eine Stunde später.

„Ach du liebe Güte. Ich muss sofort anrufen. Ich wollte um zehn zu Hause sein, ich habe ganz die Zeit vergessen.“

„Aber Kiara? Was ist denn das für ein Verhältnis? So kenne ich dich ja gar nicht. Aber viel hast du mir ja auch nicht erzählt, du wirst schon deine Gründe dafür haben.“, kam es etwas spitz aus Miriams Mund.

Kiara rief aufgeregt an, während Miriam sie mit einem kritischen Blick beäugte.

Mark unterbrach sie nach wenigen Sätzen:

„Kiara, es ist mir ganz egal, was war und ist. Du bist in wenigen Minuten hier!“ Ein knacksendes Geräusch signalisierte ihr: er hatte aufgelegt.

„Miriam, ich gebe dir 30 Euro, das müsste dicke reichen, bitte bezahle für mich mit. Ich hab dich sehr lieb, aber ich muss jetzt sofort weg. Ich hatte einen Termin und den habe ich ganz verschwitzt. Ich laufe eben schnell zum Schweizer Platz, da stehen jetzt meist noch Taxis, ich habe keine Zeit hier darauf zu warten. Ich kann dir das jetzt nicht erklären. Bitte versteh mich.“

Sie packte Jacke und Handtasche und lief los. Ihre Freundin sah ihr völlig konsterniert nach.

Zu Hause angekommen, wartete Mark bereits ungeduldig auf sie. Er nahm sie sich sofort vor.

„Was hast du dir dabei gedacht? Wenn wir 22 Uhr verabredet haben, und du es nicht schaffst, dann erwarte ich um Punkt 22 Uhr einen Anruf. Wenn der nicht kommt, dann kann dir nur noch höhere Gewalt helfen, aber die Quatschlust deiner Freundin fällt eindeutig nicht darunter. Oder willst du mir jetzt ernsthaft weismachen, bei diesem Weiberkram handele es sich um höhere Gewalt, he? Glaubst du, bei Weibergesprächen gäbe es einen Aufschlag, weil ihr euer loses Mundwerk – einmal in Gang gesetzt – nicht mehr stoppen könnt?"

„Nein Mark, Entschuldigung. Es tut mir wirklich aufrichtig leid. Ich habe nicht auf die Uhr geschaut. Es war mein Fehler, nicht ihrer. Das sehe ich ja alles ein."

„Natürlich war es dein Fehler. Mit ihr habe ich ja auch keine Vereinbarung. Oder meinst du, es wäre besser, ich sollte mich auch mit ihr mal unterhalten? Ist sie verwendbar?"

„Mark, bitte! Lass Miriam aus dem Spiel. Sie ist nur meine beste Freundin, sie hat mit der ganzen Sache nichts zu tun. Es war einzig und allein mein Fehler."

„Mit welcher ganzen Sache? Was hast du mir sonst noch zu beichten?"

„Ach Mark. Ich meine doch nur unsere Vereinbarung und unser Verhältnis, ich habe mich schlecht ausgedrückt. Es tut mir leid. Ich habe dich enttäuscht."

„Nun gut. Was haben wir denn da? Ich rekapituliere: Du solltest um 22 Uhr zu Hause sein, warst es aber nicht. Aber anstatt mich spätestens um Punkt 22 Uhr davon zu unterrichten, maßt du dir an, mich erst gegen 23 Uhr 15 über deine weiteren Pläne zu informieren."

Es war Mark anzumerken, dass er seine momentane Rolle genoss.

„Ich habe dich nach deinen Gründen für diese außerordentliche Pflichtverletzung gefragt, und alles was ich höre ist: ‚es tut mir leid'. Nein Kiara, Entschuldigung nicht akzeptiert! So geht das nicht. Wer nicht hören will, muss fühlen. Und du wolltest offenbar nicht hören!"

„Mark, ich bin mir meiner vollen Schuld bewusst. Wenn du meinst, ich müsse dafür bestraft werden, dann tue es. Du hast Recht, ich habe mich nicht an deine Regeln gehalten. Es tut mir wirklich leid."

„Ach, willst du mir jetzt auch noch Ratschläge erteilen, was ich in diesem Fall zu tun oder zu lassen habe? Vielleicht fängst du gleich auch noch an zu flennen und bittest um Gnade. Hoffst, dass ich von meinem Recht der Züchtigung keinen Gebrauch machen werde. Aber darauf lasse ich mich erst gar nicht ein. Dies ist eindeutig ein Fall für Dr. Feldmann."

Mark stand auf und führte ein kurzes Telefongespräch.

„Fein. Ich bringe sie Ihnen in ein paar Minuten vorbei" war das, was sie noch aufschnappen konnte.

Kiara wurde schon bald darauf ins Auto bugsiert, sie schnallte sich an und Mark gab Gas. Außer ihrem Halsband trug sie nichts. „Lass den Gurt nicht so auf deine Titten drücken, sonst gibt es noch einen Abdruck. Dr. Feldmann ist ein bisschen pingelig was die Ware angeht. Jedenfalls vorher."

Der letzte Satz nahm ihr fast die Luft weg. Immerhin wusste sie jetzt, warum er sie nicht einfach gefesselt im Kofferraum oder auf dem Rücksitz transportierte. Die Ware war noch zu wertvoll. Sarkasmus machte sich in ihr breit: „Bestimmt wird er es auf der Rückfahrt tun." Sie war überrascht, in ihrer momentanen Lage noch zu solchen Gedankengängen fähig zu sein.

„Setz dich so hin, wie es sich für dich gehört." Sie nahm die Schenkel auseinander, ihre Hände stützten den Gurt ab und Mark griff ihr in den Schritt.

Die wahre Wahrheit

Etwa eine halbe Stunde später hielten sie vor dem Haus von Dr. Feldmann. Ein im Bademantel bekleideter, etwa 50-jähriger Mann öffnete die Tür. Man sah ihm seine leitende Position an.

„Hier ist sie. Sie soll für ihr Vergehen büßen. Ich überlasse Sie Ihnen bis um 07:00 Uhr. Ist das ok?“

Dr. Feldmann nickte. Er klinkte wortlos eine Kette in Kiaras Halsband und schleifte sie hinter sich her. Drinnen warf er sie zu Boden, drang sofort von hinten in sie ein und vergewaltigte sie mit äußerster Brutalität. Kiara ließ es über sich ergehen, sie wusste, sie hatte es nicht anders verdient.

„So, nun kommen wir zum vergnüglichen Teil unserer Nacht. Wenn ich dich etwas frage, wirst du mich immer mit ‚Sie' anreden, ich dich dagegen mit ‚du'. Ist das klar?“ Sie nickte.

Er schob sie in einen Raum, der mit zahlreichen Folterinstrumenten ausgestattet war. Im Zentrum stand ein großes Andreaskreuz.

„So, hieran werde ich dich nun anbinden. Und dann werden wir uns in den nächsten Stunden der kleinen Sünderin widmen. Freust du dich schon darauf?“

Kiara schwieg.

Dr. Feldmann hatte sie in der Zwischenzeit fixiert.

„Habe ich nicht eben eine Frage gestellt?“ Er nahm eine Peitsche und schlug damit kurz auf ihre Oberschenkel und ihren Busen.

„Ich weiß, ich sollte sie mit ‚Ja' beantworten. Aber ich freue mich nicht darauf.“

„Na immerhin bist du ehrlich. Wollen wir doch mal sehen, ob du weiterhin so ehrlich bleibst. Was hat unsere kleine Sünderin denn so alles verbrochen? Berichte mal.“

Und wieder ging ein Peitschenhieb auf ihren Körper nieder. Diesmal war ihr Venushügel das Ziel.

„Ich war sehr ungezogen. Ich habe mich mit meiner Freundin verabredet, und da haben wir uns verquatscht. Ich habe nicht gemerkt, dass es schon so spät war. Ich sollte um 22 Uhr wieder bei Mark sein, und als ich auf die Uhr schaute, war es schon Viertel nach 11."

„Ja das kommt davon, wenn man die Weiber an einer zu langen Leine hält. Reicht man ihnen einen Finger, erlaubt man es ihnen, ein paar Stunden alleine auszugehen, dann nehmen sie ja doch gleich wieder die ganze Hand. Ist immer das gleiche Spiel."

Wieder traf es ihren Busen.

„Und was gab es so angeblich Wichtiges zu bereden, dass du keine Zeit hattest, mal auf die Uhr zu schauen, um deinem Herrn zu genügen und ihm zu gehorchen?"

Ein Schlag traf ihren Bauch.

„Ich habe meiner Freundin von einem Buchprojekt erzählt. Aber ich konnte ihr nicht die volle Wahrheit sagen. Ich habe so getan, als habe ich mir da etwas ausgedacht, aber in Wirklichkeit geht es dabei um mich."

Nun trafen gleich drei Schläge ihren Venushügel.

„Aha! Das ist ja interessant. Deinen Herrn belügst und betrügst du und deine Freundin gleich mit! Bin wirklich mal gespannt, wieviele Sünden ich im Laufe der Nacht noch so aus dir herausquetschen werde. Glaube mir, ich bekomme euch alle zum Reden. Irgendwann lockert sich bei jeder die Zunge. Ich kriege alles raus, wirklich alles!"

„Herr, ich musste sie belügen. Denn die Wahrheit ihr gegenüber wäre das viel größere Vergehen gewesen."

Nun waren wieder ihre Oberschenkel dran.

„Du willst mir doch jetzt hier nicht erzählen wollen, du könntest beurteilen was Moral ist und was nicht? Das steht dir nicht zu.

Eine Frau hat keine Moral. Eine Frau ist nichts als Sünde und Verderben. Was wäre denn die wahre Wahrheit gewesen, wenn wir schon mal bei der Wahrheit sind?“

Nun schien er besonderen Spaß an ihren Oberschenkeln bekommen zu haben.

Kiara war verzweifelt. Ihr war jetzt fast alles egal. Was sollte es? Er würde ja doch alles aus ihr herausprügeln, es würde die ganze Nacht so weitergehen. Wie ein Schwall strömte es aus ihr heraus:

„Herr, ich weiß, dass das ein ganz schlimmes Vergehen war. Aber sie kriegen es ja doch heraus. Ich will ein Buch schreiben, und zwar über mich. Ich bin die Sklavin von Mark, doch ich glaube, ich habe mich in eine andere Sklavin verliebt, und ich bin mir sicher, sie mag mich auch. Wir haben noch nicht darüber geredet, wir können ja gar nicht, aber ich spüre es. Ich weiß, dass es nicht geht, dass dies unmöglich ist, sogar ein Verbrechen. Wir sind beide Sklavinnen und gehören unseren Herren. Wir dürfen keine Gefühle füreinander haben. Das habe ich meiner Freundin als Geschichte erzählt und dabei so getan, als habe ich mir das alles ausgedacht. Sie fand das sehr interessant und hat mich ermutigt, daran weiterzuarbeiten. Ich konnte ihr aber nicht sagen, dass ich eine der beiden Sklavinnen bin, weil sie ja gar nicht weiß, dass ich eine bin. So habe ich jetzt sie belogen, weil ich ihr nicht die Wahrheit sagen konnte und durfte und auch Mark, weil ich Gefühle habe, die mir nicht zustehen und weil ich Angst habe, man würde der anderen Sklavin sonst was tun, sie fortschaffen, und ich würde nie wieder etwas von ihr hören. Und bitte fragen Sie mich nicht nach ihrem Namen, sie kriegen alles aus mir heraus, aber ihren Namen nicht, auch nicht den ihres Herrn. Sie können mich die ganze Nacht quälen und auspeitschen, aber ich rede nicht. Ich möchte nicht, dass man sie quält.“

Kiara vermied es bewusst, von ‚Herrin‘ zu sprechen. Allein das hätte einen Verrat bedeuten können.

Dr. Feldmann wanderte im Raum hin und her. Irgendwann legte er die Peitsche zur Seite.

„Und das war jetzt wirklich die wahre Wahrheit und keine Lüge?“

„Es ist die volle Wahrheit. Ich habe noch mit niemandem darüber gesprochen, weil ich es wirklich keinem sagen kann. Ich habe jede Strafe verdient und werde sie ertragen. Machen Sie mit mir was sie wollen, aber lassen Sie bitte sie da raus.“

Dr. Feldmann schritt erneut auf und ab. „Darüber muss ich nachdenken. Ich lasse dich jetzt erst einmal hier allein.“

Mit diesen Worten verschwand er aus der Tür. Kiara bekam es mit der Angst zu tun. „Was, wenn er jetzt alles Mark erzählt? Mark würde sofort wissen, wer die andere ist. Vielleicht weiß jetzt in diesem Moment sogar Ellen schon Bescheid und lässt ihre ganze Wut an Alina aus.“ Kiara war verzweifelt. Sie weinte. Was hatte sie bloß getan?

Der sanfte Sadist

Eine Stunde später kehrte Dr. Feldmann zurück.

Zu ihrer Überraschung löste er ihre Fesseln und nahm sie vom Andreaskreuz ab.

„Leg dich bitte auf den Tisch hier.“

Kiara gehorchte.

„Kiara, ich muss dir zunächst einmal etwas erklären. Mir macht es Freude, anderen Schmerzen zuzufügen. Männer wie Mark sind eher dominant, aber keine Sadisten wie ich. Die meisten Menschen, die ich in die Finger bekomme, sind schmerzgeil. Oder sie sollen von ihrem Herrn erzogen und bestraft werden. Oft habe ich es mit wirklich ungezogenen Mädchen zu tun: Sie will bei anderen Herren nicht schlucken, hat noch etwas nebenher laufen, will nicht alle ihre Öffnungen zur Verfügung stellen, lässt sich kein Brandzeichen machen, rasiert sich nicht, will nicht für ihn anschaffen gehen. Alles Dinge, die sich nicht gehören und die von mir mit konsequenter Härte geahndet werden. Bei dir ist das was anderes. Du hast ein ernstes Problem, was für dich und deine Freundin sogar gefährlich werden kann. Ich glaube dir deine Geschichte. Das kam auch alles viel zu glaubhaft aus dir heraus. Ich kann deshalb nicht wie geplant weitermachen. Auch für einen Sadisten wie mich gibt es Grenzen. Ich habe deshalb etwas anderes mit dir vor. Allerdings habe ich auch einen Ruf zu verlieren. Ich kann dich nicht einfach Morgen nach Hause schicken und hier ist nichts gelaufen. Man würde mir keine Sünder mehr aushändigen, das verstehst du doch?“

Kiara schaute ihn mit großen Augen an und nickte.

„Ich weiß, dass du Mark nicht belügen kannst und willst. Also muss ich etwas mit dir anstellen. Ich werde dich jetzt an deinen Genitalien mit Elektrogeräten behandeln. Dies ist sehr schmerzhaft, hinterlässt aber keine Spuren. Ich würde dir das gerne ersparen, ich kann aber nicht. Wenn Mark dich also später nach deiner Behandlung fragt, dann weißt du, was ich mit dir angestellt habe.“

Die nächsten 15 Minuten waren für Kiara schier unerträglich. Sie dachte an Alina und biss auf ihre Zähne.

„So, du hast es geschafft. Und jetzt möchte ich, dass du mit mir nach oben kommst. Ich habe eben eine blaue Pille eingenommen und bis zum Erscheinen von Mark werde ich wohl einen Dauerständer haben. Du wirst dich gleich auf mich setzen, und dann möchte ich mehr von dir erfahren, was du vorher gemacht hast, wie du Mark kennengelernt hast, wie es dann weiterging und wie du dir dein Buch vorstellst. Namen musst du mir nicht nennen. Und dann erzähle ich dir auch was von mir.“

Sie redeten – mit kleineren Pausen – die ganze Nacht, während sie ihr Becken auf ihm sanft auf und ab bewegte. All das fiel ihr sehr leicht, denn nichts tat sie lieber, als anderen ein Vergnügen zu sein.

Mark holte sie pünktlich am nächsten Morgen ab. Er unterhielt sich noch kurz mit Dr. Feldmann, während Kiara bereits im Wagen saß. Sie konnte der Unterhaltung nicht folgen. Dann kehrte Mark zum Wagen zurück, doch Dr. Feldmann hielt ihn noch einmal kurz auf:

„Ach, eine Frage noch. Sie hatten doch mal darüber nachgedacht, irgendwann einmal Schwängerungen anzubieten. Wie weit sind sie denn damit gekommen?“

„Momentan noch nicht, Herr Dr. Feldmann. Ich arbeite noch daran. Wenn es mal soweit ist, komme ich auf Sie zu. Sie stehen auf jeden Fall auf meiner Liste ganz weit oben.“

„Es würde mich freuen. Ich bin sehr interessiert. Mehr denn je.“

Die Party

Berührungen

Es war ein schwülwarmer Abend. Die Party bei Joachim, einem Geschäftsfreund von Mark, begann gewöhnlich gegen 21 Uhr und dauerte bis zum nächsten Morgen. Sie galt als der gesellschaftliche Höhepunkt des Kreises, dem auch Mark und Ellen angehörten.

Die Männer trugen Businesskleidung, die Frauen Stiefeletten, manche noch ein Halsband, aber sonst nichts. Allerdings gab es auch Ausnahmen. Dominante Frauen wie Ellen standen den Männern in ihrer Kleidung in nichts nach.

Die Aufgabe der Sklavinnen bestand zunächst darin, Getränke und Speisen zu reichen. Kiara machte dies ausgesprochen gerne. Ihre Nacktheit gab ihr das Gefühl, besonders frei zu sein, fast wie eine Indianerin.

An diesem Abend gab es für sie aber noch einen weiteren Grund: Während sie gerade dabei war, ein Tablett mit Champagner-Gläsern durch die lachende und debattierende Menschenmenge zu jonglieren, immer begleitet von einem wohlwollenden Griff an ihre Brüste oder ihren Po, stieß sie auf Alina, die gerade gleiches tat. Man beschloss, sich zusammenzutun, und fortan die Gäste gemeinsam zu bedienen. Dies war nicht immer ganz einfach, denn gerade Kiara war doch bei den Männern sehr beliebt. Immer wieder musste sie stehen bleiben, um sich in den Schritt oder an ihre Brüste fassen zu lassen. Bei Alina war dies anders. Offenbar spürten die Männer, dass Kiara ihnen sehr zugetan war, Alina dagegen nicht. Als sich drei Männer ganz in der Nähe der Gruppe, in der gerade Mark in ein Gespräch vertieft war, sie dazu aufforderten, ihr Tablett für einen Moment auf ihrem Kopf abzustellen, um sie dann umso ungezwungener von oben bis unten abgreifen zu können, erhaschte sie kurz den mit Stolz erfüllten Blick Marks. Sie war zweifellos eine Attraktion. Er hatte sie gut erzogen.

Auch Michael machte es ihr nicht leicht. Denn seitdem er herausgefunden hatte, dass man nur ganz bestimmt und energisch an den Nippeln dieser wunderschönen jungen Frau spielen musste, um bei ihr jeglichen Widerstand zu brechen, nutzte er das aus, wann immer sich die Gelegenheit dazu bot. So war er es, der sie an diesem Abend als erster nahm.

Später ließ es sich dann auch Dr. Feldmann nicht nehmen, ihren Körper einmal näher zu inspizieren. Aber dafür war sie ja nun da.

Das Wetter hielt nicht das, was es versprach, und bald entlud sich ein heftiger Gewitterregen über das Anwesen, woraufhin man die Festivitäten in das innere das Gebäudes bzw. auf die überdachte Terrasse verlegte. Kiara und Alina hatten immer wieder Gelegenheit, sich verstohlene Blicke zuzuwerfen und ein paar Worte zu wechseln. Während sie gemeinsam in der Küche hantierten, berührten sich ihre Arme und Schultern ganz häufig ein wenig, was jedes Mal wie ein kleiner Stromstoß auf Kiara wirkte. Sie mochte diese Frau sehr, ihre Anmut, ihren Duft. Wie gerne wäre sie ihr ein Stück näher gekommen, aber mehr als zufällige Berührungen waren ihnen nicht erlaubt. So raunte ihr Alina auch sehr bald die Warnung zu:

„Kiara, ich würde dich gerne anfassen, dich küssen, aber es geht leider nicht, und bitte versuche du es auch nicht. Wenn ein Bekannter von Ellen das mitbekommt, dann bin ich geliefert. Ach, es muss noch nicht einmal ein Bekannter sein. Wenn wir hier als Frauen Zärtlichkeiten austauschen, dann kann uns ein x-beliebiger Mann herausgreifen und anprangern. Wir sind nur zu deren Vergnügen da. Ich auch, obwohl ich mit Männern nichts anfangen kann. Aber Ellen will das so. Ich muss das für sie tun.“

„Warum bist du eigentlich die Sklavin von Ellen? Ellen hat mir gesagt, sie hätte es mehr mit Männern.“

„Ich war mal sehr verliebt in sie. Das habe ich ihr gestanden. Und bevor ich mich versah, hat sie mich unterworfen und versklavt. Sie verlangte, dass ich ihr vollkommen zu Willen bin, sozusagen als Beweis meiner Liebe. Ich will mich nicht beklagen, ich habe es selbst so gewollt, weil ich damals noch gehofft hatte, so ihre Liebe zu gewinnen, aber ich finde, sie nimmt überhaupt keine Rücksicht auf mich. Etwas mehr als gar nichts hätte ich doch verdient, oder?"

„Ach Alina, du Süße, du hättest alle Liebe dieser Welt verdient."

Mehr Worte konnten sie in der Küche nicht wechseln, zumal die nächsten Getränke darauf warteten, ausgetragen zu werden.

Kiara war bestürzt. Die Aussage von Alina bestätigte den Eindruck, den sie von Ellen hatte. Diese Konstellation konnte auf Dauer nicht gut gehen. Alina war eine solch reizende Person und jedes Mal, wenn sie sie sah, schlug Kiaras Puls ein wenig höher. Doch was konnte sie tun? Es gab aus ihrer Sklavinnenposition heraus keine Möglichkeit, etwas an ihrer Situation zu ändern. Vielleicht könnte sie sich Mark anvertrauen. Doch mit welchem Anliegen? Dass sie in eine andere Sklavin verliebt sei und ihr helfen wolle?

„Nein Kiara, das kannst du nicht", sagte sie zu sich selbst. „Du bist Marks Eigentum. Du warst damit einverstanden. Die Vorteile hast du zum Teil genossen, aber natürlich sind damit auch Nachteile verbunden. Und die gehören nun einmal auch dazu. Wer A sagt, muss auch B sagen."

Ihr wurde die Aussichtslosigkeit ihrer Situation bewusst.

Kiara und Alina trugen weiterhin Getränke aus, immer hier und da ein wenig aneinander stoßend oder einen Blick bzw. gar ein Lächeln riskierend, aber wirklich näher kommen konnten sie sich nie.

Doch scheinbar war auch das schon zu nahe. Denn als Kiara mal wieder einer kleinen Herrengruppe willig zur Verfügung stand, suchte und fand sie den Blick Alinas. Und deren beider Blicke erkannte Michael.

Die Lesbennummer

Michael packte Kiara und Alina an den Handgelenken und zog sie in ein großes Kaminzimmer. Dort ließ er sie in eine schwarze Ledercouch fallen. Gleich darauf erhob er seine Stimme:

„Alle mal herhören. Die beiden Sklavinnen Alina und Kiara werden jetzt hier eine Lesbennummer vorführen. Wer möchte zuschauen?“

Bald darauf war die Couch eng umstellt. Dieses Ereignis wollte sich kaum jemand entgehen lassen, zumal eines der beiden Mädchen ja Kiara war, die von den meisten Gästen sehr geschätzt wurde.

Kiara und Alina begannen also ihre Liebesszene, doch sie konnten sich nicht so richtig aufeinander konzentrieren. Noch hatten sie sich ja nicht wirklich ihre Liebe gestanden. Ihre Gefühle füreinander waren zu intim und auch noch zu sehr im Entstehen begriffen, als sie auf einer solchen Bühne zu präsentieren. Sie küssten sich also ein wenig auf den Mund und ihre Brüste, mal Kiara bei Alina, mal Alina bei Kiara, bis schließlich das schneidende Geräusch einer Peitsche der scheinbaren Idylle ein Ende bereitete.

Es war Ellen. „Das soll eine Lesbennummer sein? Lächerlich ist das. Das ist nichts anderes als eine Beleidigung meiner Sinne.“ Und mit diesen Worten schlug sie erbarmungslos auf Alina ein, die sich vor Schmerzen krümmte.

Kiara erschauderte. Es konnte keinen Zweifel geben: Ellen verachtete Alina. „So und nun will ich eine richtige Lesbennummer sehen, sonst mach ich gleich weiter. Alina, ich kann das den ganzen Abend so, glaube mir, entweder ihr bekommt das irgendwann mal hin, oder es gibt die Peitsche. Das gilt übrigens auch für dich, Kiara.“

Kiara und Alina küssten sich wieder. Doch Alina nahm den Kopf von Kiara so zur Seite, dass sie ihr ein paar Worte ins Ohr flüstern konnte.

„Kiara, ich hab dich so lieb. Nur noch du und ich, bitte!“

Kiara verstand sofort. Sie besaß ohnehin längst die Fähigkeit, andere Menschen bei Bedarf aus ihrem Bewusstsein auszublenden. Die Rolle als Sklavin machte so etwas zu einer Notwendigkeit.

Kiara und Alina gaben sich vollkommen ihren Gefühlen hin. In ihren Zärtlichkeiten bekannten sie sich ihrer Liebe. Andere Menschen existierten jetzt nicht mehr. Einige Männer feuerten sie noch zusätzlich an, doch sie nahmen nichts von alledem wahr. Zwei Menschen auf einer einsamen Insel, die sich liebten.

Beide erreichten gemeinsam ihren Höhepunkt. Als sie aus ihrem Rausch erwachten, waren sie umringt von einer johlenden und klatschenden Menge. Ein feindlicher Blick Ellens traf sie beide.

Die Koppel

Michael ergriff als erster wieder das Wort.

„Und nach dieser exzellenten Präsentation stehen die beiden Stuten gleich allen zur Verfügung. Ich mache die beiden jetzt an der Koppel fest, wo ihr sie euch dann nehmen könnt. Das gilt natürlich auch für alle anderen Stuten. Jeder Herr, der noch irgendwo seine Stute herumlaufen sieht, möchte sie jetzt bitte zur Koppel bringen!“

Michael packte Kiara und Alina an den Handgelenken und führte sie in einen Nebenraum. Dort befestigte er Manschetten an ihren Handgelenken. Anschließend hängte er sie so an der Decke auf, dass sie den Boden nur noch mit den Fußspitzen berührten.

Zahlreiche Männer kamen an diesem Abend in die Koppel, um sich eine Stute auszusuchen und sie irgendwo auf dem Anwesen zu benutzen. Kiara wurde besonders häufig gewählt, ein Mann nahm sie zusammen mit Alina. Erst am frühen Morgen ließ der letzte Gast von ihr ab.

Zu Hause angekommen wurde Kiara zwei Stunden lang von Mark gezüchtigt. So hatte er sie vorher noch nie behandelt. Eine Begründung für sein Verhalten gab er nicht.

Jonas

Das Geburtstagsgeschenk

„Kiara!“

Mark rief nach ihr. Kiara fand ihn in seinem Arbeitszimmer.

„Vielleicht solltest du mir mal so einen kleinen Piepser besorgen“, lachte Kiara. „Nicht dass wir uns in dem großen Haus mal irgendwann verlieren.“

„Kiara, wir haben einen Termin. Lass mal sehen, was du so anhast. Hm. Also den Rock ziehst du bitte aus, die Bluse sowieso und BH und Slip ebenfalls. Leg dir bitte eine Busenkette an und dann komm nach oben. Der Termin ist ungefähr eine halbe Stunde von hier. Ach ja, hier habe ich noch ein goldenes Schleifchen, das sieht zwar etwas albern aus, ist aber erforderlich. Leg es bitte um dein Halsband, aber so, dass der Ring weiterhin frei ist. Und nimm deine Handtasche mit.“

Kiara hatte sich früher oft gewundert, warum manche teuren Limousinen mit getönten Fensterscheiben ausgestattet sind. Nun wusste sie es.

Nach einer schier endlosen Fahrt kamen sie vor einem hochherrschaftlichen Gebäude an. Mark legte eine Metallkette an ihr Halsband und führte sie zum Eingang. Ihre Handtasche trug er selbst. Es öffnete eine etwa 40-jährige Frau. Wie Kiara trug sie ein Halsband. Kiara erkannte sie wieder. Sie war ihr auf der letzten Party aufgefallen, als sie einmal ganz in ihrer Nähe in der Koppel angekettet war.

„Hallo Lorena, wie geht’s dir? Ist Robert da?“

„Hi Mark, schön dich mal wieder zu sehen. Du, der Robert musste vor einer halben Stunde weg. Sei eine dringende Angelegenheit. Ich weiß aber nicht, worum es dabei ging. Brauchst du ihn jetzt?“

„Ja, wie soll ich es sagen. Es geht eigentlich um Jonas.“

„Ach, kein Problem, ich weiß Bescheid. Du bringst ihm was zum Geburtstag, ist das richtig?“

„Genau!“

Kiara erschrak. Ihr schwante nichts Gutes.

„Dann kommt doch bitte rein. Geht einfach nach unten und dann ist es die letzte Tür. Ist so ein Gekritzel dran. Soll Jonas heißen.“

„Danke Lorena. Geh doch schon einmal vor ins Gästezimmer und zieh dir was anderes an. Ich komme dann gleich nach.“

Mark führte Kiara an ihrer Kette nach unten und klopfte an. Es öffnete ein junger Mann, von deren Sorte Kiara während ihrer Schulzeit schon viele erlebt hatte: Blasiert, respektlos, orientierungslos, aus einem wohlhabenden Elternhaus.

„Hallo Jonas, herzlichen Glückwunsch zu deinem 18ten. Ich darf dir im Namen deines Vaters noch ein Geschenk überreichen. Du kannst es bis Mitternacht haben. Danach hole ich es wieder ab. Ist das ok, oder möchtest du es nicht?“

Jonas taxierte Kiara von oben bis unten ab.

„Ne, lass mal da!“

Mark reichte Kiara ihre Handtasche und grinste: „Dann viel Spaß noch. Ich bin gegen Mitternacht wieder hier.“

Kiara tobte innerlich vor Wut, ließ sich aber nichts anmerken. Wie kam Mark dazu, sie einem solchen Schnösel auszuhändigen?

Jonas griff ihr an die Brüste. „Sind die echt?“ Dann zerrte er an ihrem Kettchen. „Sieht ja krass aus.“

„Klar sind die echt!“

„Wie alt bist du?“

„Achtundzwanzig“

„Krass. Wie meine Englischlehrerin.“

„Bist du gut in Englisch?“

„Ich hasse Englisch. Ich hasse die Alte. Ist genau dein Typ. Wegen der Fotze war beim letzten Mal meine Versetzung gefährdet. Aber mein Daddy hat das dann geregelt.“

„Wie kann er denn so etwas regeln?“ Kiara versuchte verzweifelt das Thema zu wechseln.

„Sag mal, kann ich eigentlich wirklich alles mit dir anstellen? Ich meine so richtig alles?“

„Ja.“ Wie gerne hätte Kiara an dieser Stelle ‚Nein’ gesagt. Aber genau das war ihr nicht erlaubt.

„Du lässt dich also auch in den Arsch ficken?“

„Ja.“

„Geil! Hast du ein Kondom dabei?“

Kiara kramte in ihrer Handtasche und reichte ihm eine Schachtel.

„Ne, blas mir erst einen und dann roll mir den Gummi rüber, so wie die Nutten im Puff, du bist doch auch eine, oder?“

Kiara unterdrückte eine Antwort. Jonas zog sich wortlos aus und legte sich aufs Bett. Eine Minute später kam er in ihrem Mund.

„Uups. So ist das immer bei mir. Beim ersten Mal komme ich sofort. Aber ich bin kein Schnellspritzer. Ich kann ein paar Mal und jedes Mal dauert’s länger. Komm, mach’s noch mal.“

Eine Minute später das gleiche Ergebnis.

„Du bist eine echt geile Fotze. Machst mir richtig zu schaffen. Komm noch einmal.“

Diesmal klappte es.

„Bück dich. Meine Freundin lässt ja sowas nicht mit sich machen. Hab aber schon länger Bock darauf."

Ohne auf sie Rücksicht zu nehmen drang er in sie ein. Eine Minute später war wieder alles vorbei.

„Ah, jetzt verstehe ich, ist alles ganz schön eng da bei dir. Einen Versuch habe ich noch." Er warf das Kondom achtlos in die Ecke. Kiara begann von vorne. Wenige Minuten später war er wieder in ihr drin. Seine Bewegungen wurden intensiver.

Erst zerrte er an ihren Haaren, dann schlug er mit voller Kraft auf ihren Po. „Yippee! Du geile Stute, dich werde ich jetzt zureiten!"

Sein Rhythmus war fordernd und ausdauernd. Dann hielt er etwas inne.

„Hat mein Alter dich auch schon gefickt, ich meine so in den Arsch und so?"

„Ich weiß es nicht. Dein Vater war eben nicht da."

„Ach du weißt gar nicht, mit wem du alles schon herumgemacht hast?"

„Mir werden nicht alle Männer persönlich vorgestellt. Vielleicht war dein Vater auch mal dabei, ich weiß es aber nicht. Ich bin nur eine Nutte."

Kiara bereute sofort, was sie gesagt hatte. So respektlos durfte sie sich Jonas nicht gegenüber benehmen. Aber offenbar war ihm die Spitze in ihrer Antwort ohnehin nicht aufgefallen.

„Bestimmt war der dabei. Wie kommt er sonst auf dich? Du bist bestimmt die Beste. Keine fickt so wie du."

Kiara schwieg.

„Ah, da kommt mir eine Idee, ja das fände ich geil. Komm, sag jetzt immer: ‚Jonas, please shut up!'. Dabei ficke ich dich in den Arsch. Aber laut und deutlich will ich's hören und immer wieder."

Kiara tat, was ihr befohlen war. Jonas riss an ihren Haaren, schlug ihr mit der flachen Hand auf den Po und rief „Ich fick Sie, Frau Völkers“. Seine Ausdauer in dieser Hinsicht schien grenzenlos zu sein.

Lissy

Bis dann sein Handy klingelte. Jonas überließ sie sich selbst und nahm den Anruf an: „Hi Lissy. .... Vielen Dank ... Einen Golf hat er mir geschenkt, aber der steht jetzt erst mal rum, bis ich den Führerschein habe. Vielleicht klappt es ja beim nächsten Mal. Oder Daddy wird das regeln. ... Und eine Nutte hab ich noch bekommen. ... Die ist gerade hier, aber nur für heute ... Ich weiß ehrlich gesagt nicht, was ich mit der anfangen soll. ... Wenn Daddy mir was schenkt, kann ich doch nicht einfach ablehnen. Ich lass sie jetzt erst mal nur so hier rumsitzen. ... Du willst sie dir anschauen? Ehrlich? Wozu denn das? ... Nein, ich habe nichts dagegen, habe ich das etwa gesagt? ... Ok, bis gleich.“

Zu Kiara gewandt: „Meine Freundin kommt gleich vorbei. Die will mal sehen, wie eine richtige Nutte aussieht. Ach ja. Wir haben nicht miteinander gefickt, ist das klar?“

„Ich sage nichts, was du nicht willst.“

„Ok, dann sammle mal die Kondome ein und wirf sie ins Klo. Ich ziehe mich wieder an. Brauchst du ja nicht. Du bist ja schon so angezogen, wie eine Nutte eben ist.“

Vielleicht 20 Minuten später klingelte es an der Tür. Jonas ging nach vorne um zu öffnen.

„Wo ist sie? Ich bin ja schon so gespannt.“ hörte Kiara von weitem eine schrille Stimme rufen.

Herein kam ein Girlie, welches all das zu besitzen schien, was auch für Jonas galt. Allerdings war sie sehr hübsch, eigentlich viel zu hübsch für Jonas. Ihre blonden Haare fielen ihr von der Schulter herab.

„Ist ja geil, die hat ja gar nichts an. Und ihr habt nicht gefickt?"

Ungläubig wanderten ihr Blick und ihr Zeigefinger zwischen Kiara und Jonas hin und her.

„Nein, haben wir nicht." beeilte sich Jonas zu sagen. Und Kiara schüttelte vielsagend den Kopf.

„Na, wenn das mal stimmt. So richtig glauben kann ich das nicht. Und sie ist ganz dir?"

„Sagte ich doch schon am Telefon. Bis Mitternacht. Vorher darf ich alles mit ihr machen. Ich habe aber keine Lust dazu."

„Kann ich sie mal haben?"

Augenblicklich schrillten bei Kiara alle Alarmglocken.

„Wozu das? Was meinst du mit haben?"

„Na ich will nur was an ihr rumspielen. Ist doch nicht schlimm, oder?"

„Meinetwegen. Ich kann ja doch nichts mit ihr anfangen."

Lissy hockte sich vor Kiara hin. Dann zerrte sie an ihrer Busenkette. „Ist ja cool!" Zu Jonas gewandt. „Dir würde sowas auch gut stehen."

Zu Kiara: „Tut das etwa weh?"

„Ja, so wie du es machst, schon."

„Oh! Ja dann werde ich es noch ein bisschen mehr machen."

„Lissy! Sei nicht so gemein! Es ist mein Geschenk, mach es nicht kaputt!"

Lissy ließ das Kettchen los. „Lass mich mal deine Muschi sehen."

Kiara gehorchte. „Eh Jonas, Jonas! Hast du das gesehen? Die ist da ja gepierct. Und ein Tattoo hat sie auch."

„Nein, habe ich nicht gesehen. Ich habe sie mir erst gar nicht richtig angeschaut."

„Du bekommst ein Geschenk von deinem Daddy und machst es nicht auf? Und was ist, wenn ich das deinem Daddy verrate?“

„Das lässt du schön bleiben. Den wird nur interessieren, wie er dich in die Kiste kriegt.“

„Was ist denn so schlimm daran, wenn ich mit deinem Daddy in die Kiste springe?“

„Mein Daddy will alle Frauen in den Arsch ficken und das magst du doch nicht.“

„Bei deinem Daddy vielleicht schon.“

„Lissy! Du bist meine Freundin! Ich mag das nicht, wenn du so redest!“

„Ok, ich lasse das mit deinem Daddy. Dafür darf ich sie jetzt haben. Ja?“

Sie warf sich wie ein kleines Mädchen vor ihm auf die Knie:

„Bitte, bitte!“

Und dann mit dem allergrößten Schmollmund:

„Bitte lieber Jonas, bitte schenk sie mir!“

Jonas Widerstand brach sofort.

„Meinetwegen. Aber sei nicht so gemein!“

„Sie gehört jetzt also mir?“

„Ja. Das sagte ich doch!“

„Juhu! Danke Jonas. Du bist wirklich ein Schatz!“ Und mit diesen Worten gab sie ihm einen Kuss auf den Mund.

Dann wandte sie sich wieder Kiara zu. „So, nachdem das geklärt ist, nun zu uns beiden. Jonas, ich finde, sie sieht ein wenig wie die Völkers aus, oder?“

„Ja, hast Recht. Deshalb habe ich auch kein Interesse an ihr.“

„Das kann ich verstehen. Hätte ich an deiner Stelle auch nicht. Obwohl. Warum fickst du sie nicht einfach mal?“

„Jetzt hier vor dir?“

„Ach! Allein würdest du sie also ficken! Warum hast du es dann nicht eben schon gemacht? Versteh ich nicht. Soll ich nochmal rausgehen? Ich mache das glatt für dich!“

„Lissy, kannst du mich nicht bitte einfach mal in Ruhe lassen? Ich will sie nicht ficken! Hast du das jetzt endlich begriffen?“

„Ist ja schon gut. Habe verstanden. Deshalb ficke ich sie jetzt.“

„Lissy!“

Lissy erhob sich und zog ihren Schlüpfer aus Dann legte sie sich auf das Bett. „Komm her und lecke meine Muschi!“

Kiara gab sich alle Mühe. Doch wie sehr sie sich auch anstrengte, Lissy wollte nicht kommen. Ungeduldig zerrte sie immer wieder an Kiaras Busenkette.

„Na los, mach dass ich endlich komme!“

Kiara unterbrach. „Kommst du denn sonst ganz leicht?“

„Bei mir schreit sie dann immer wie ’ne abgestochene Sau“, warf Jonas ein.

„Ich bin überhaupt noch nie gekommen, ich weiß gar nicht was das ist.“

Kiara atmete innerlich auf. Sie hatte schon Angst bekommen, an eine kleine verrückte Sadistin geraten zu sein. Doch jetzt tat ihr das Mädchen leid.

„Ach Lissy, zum einen ist es nicht unbedingt wichtig, ob du beim Sex zum Orgasmus kommst. Sex kann auch so sehr schön sein. Ich lebe in einer Beziehung, bei der ich manchmal wochenlang nicht zum Orgasmus kommen darf. Es ist mir verboten, wenn du weißt, was ich meine. Wenn ich länger nicht gekommen bin, fühle ich mich häufig sogar sehr energiegeladen. Manchmal setzt mich mein Freund auf eine Orgasmusmaschine, damit ich meine Orgasmusfähigkeit trainiere. Dann komme ich vielleicht zehn Mal hintereinander, fühle mich danach aber ganz ausgelaugt. Ich verstehe, warum er das von mir will, aber ich finde die anderen Momente schöner. Ja und wenn du nur an deinen Orgasmus denkst, dann verspannst du dich, und dir entgehen die wirklich wichtigen Sachen beim Sex. Sex hat viel mit Hingabe zu tun, das kann man lernen. Für jüngere Frauen ist das oft sehr schwer. Ich habe das auch erst mit der Zeit geschafft."

„Ja aber wie soll ich mich entspannen? Ich denke, die ganze Zeit, irgendetwas stimmt mit mir nicht."

„Mit dir stimmt alles, Lissy. Aber wie willst du dich denn auch so entspannen? Du schiebst mal gerade den Rock hoch und dann soll ich dich lecken. Das ist doch kein Sex!"

„Du meinst, ich soll mich ganz ausziehen? Hier vor dir und Jonas?"

„Mensch Lissy, wer wollte sie denn nun haben, du oder ich?" Jonas passte die ganze Unterhaltung nicht.

„Lissy, du musst es wissen. In deinem Alter hätte ich beim Sex niemanden zuschauen lassen. Auf der anderen Seite hat Jonas heute Geburtstag, ich bin sein Geschenk."

„Das war einmal, jetzt gehörst du mir. Jonas? Ist das ok für dich, wenn…"

„Ok, ich habe schon verstanden. Blöde Zicke! Ich schaue mir oben ein Video an. Mach doch was du willst. Es dreht sich ja sowieso immer nur alles um dich!"

Jonas knallte die Tür hinter sich zu.

„Lissy, darf ich meine Busenkette, die blöde Geburtstagsschleife und die Kette am Halsband ablegen, dann fällt es mir leichter. Und du solltest dich vielleicht besser ganz ausziehen."

„Ja, kein Problem. Ich bin manchmal eine Zicke, ich weiß das. Trotzdem mach ich's immer wieder. Hinterher tut es mir dann leid und ich ärgere mich über mich selbst. Ich kann so gemein und blöd sein."

Seit der letzten Party musste Kiara ständig an Alina denken, sie ging ihr einfach nicht mehr aus dem Kopf. Kiara lenkte alle

Gefühle, die sie für Alina hatte auf dieses junge Mädchen. Sie schliefen fast eine Stunde miteinander und am Ende war Lissy dann schließlich auch so weit.

Sie lagen noch eine zeitlang eng umschlungen beieinander und streichelten sich zärtlich. „Bin ich jetzt eine Lesbe?"

„Wie kommst du darauf? Ich schlafe gerne mit Männern und mit Frauen. Ich mag beides. Das ist vielleicht sogar die beste Lösung. Mit manchen Männern ist der Sex sehr hart und ganz anders als mit Frauen. Es kann ein wunderbares Gefühl sein, von einem starken Mann ganz rücksichtslos genommen zu werden, sofern man es eben will. Mit manchen Frauen ist der Sex sehr zärtlich und ganz anders als mit Männern."

„Ich möchte dich gerne auch zum Höhepunkt bringen. Darf ich?"

„Nein Lissy, so sehr ich es genießen würde, aber ich darf es nicht."

„Du darfst es nicht? Und was passiert, wenn du es doch tust? Wird dir dann die Hand abgehackt, die Klitoris rausoperiert?"

„Nein, das nicht gerade. Aber ich werde bestraft. Die Strafe kann ganz unterschiedlich ausfallen. Aber es ist auch nicht die Strafe, die mich davon abhält. Ich werde häufig mal bestraft. Meist hat es einen Grund und dann kann ich es akzeptieren. Aber das hier wäre ein Vertrauensbruch. Deshalb geht es nicht."

„Aber es würde doch keiner merken. Was dein Freund nicht weiß, macht ihn nicht heiß!"

„Ich würde es ihm heute Abend noch im Auto erzählen."

„Ach so. So ein Mist. Und was wäre gewesen, wenn Jonas dich nicht abgewiesen hätte und du bei ihm gekommen wärst?"

„Also zum einen hätte ich versucht, das zu verhindern. Ich habe da mittlerweile so meine Techniken, die aber auch nicht immer funktionieren. Aber es hätte ja sein können, dass Jonas es mir mit der Hand oder einem Vibrator besorgt hätte. Dann wäre ich entschuldigt gewesen."

„Und wenn ich es dir mit der Hand mache? Dann kannst du doch auch nichts dafür?“

„Ich bin ein Geschenk für Jonas. Dann geht es. Bei dir geht es leider nicht.“

„Das muss ich jetzt nicht verstehen, oder? Du bist sein Geschenk, und er hat es weiterverschenkt. Jetzt gehörst du mir. Wo ist das Problem?“

„Nein, das kannst du nicht verstehen. Weil es ja auch nicht wahr ist.“

„Nicht wahr? Und was stimmt dann?“

Kiara befand sich nun in der Klemme. Sie hatte den starken Wunsch, über sich und Alina zu sprechen. Aber mit diesem Girlie? Sie war sich der großen Gefahr, in der sie sich befand, bewusst. Lissy schaute sie fragend an.

„Lissy, ich kann da nicht mit dir drüber reden. Ich würde mich einer großen Gefahr aussetzen. Versteh doch bitte.“

„Welcher Gefahr denn? Wirst du dann ermordet? Nach Sibirien verkauft? Musst in Shanghai im Puff arbeiten?“

„Versprichst du mir, niemals mit Jonas oder irgendeinem sonst aus seiner Familie darüber zu reden.“

„Ich mag zwar eine Zicke sein, aber deswegen kann man sich doch auf mich verlassen. Ich kann schweigen wie ein Grab. Außerdem besteht da sowieso keine Gefahr, denn ich werde nachher noch mit Jonas Schluss machen.“

„Aha! Warum?“

„Ach weißt du, der hat jede Menge Kohle, genauer gesagt, sein ‚Daddy‘. Daddy, Daddy, Daddy, immer nur Daddy! Aber ich liebe ihn nicht. Ich will eigentlich nicht mal von ihm angefasst werden. Die letzte Zeit hing er mir immer in den Ohren, ob ich mich mal in den Hintern ficken lasse. Ich glaube der Typ tickt nicht ganz richtig. Komisch dass er von dir nichts wollte. Ich hätte immer gedacht, der würde sich sowas nie entgehen lassen. Außerdem bin ich ’ne Lesbe, das wurde ja gerade eben bewiesen. Und als Lesbe lasse ich mich doch nicht von so 'nem Typen in den Hintern ficken!"

„Lissy, nun hör doch bitte auf damit. Aber wenn ich dir einen Tipp geben darf. Du bist noch sehr jung und unerfahren. Suche dir fürs erste einen reiferen Freund, einen der mit vielen Sachen schon durch ist, der weiß, wo es lang geht, der dich etwas führen kann. Du hattest bis eben noch keinen Orgasmus und Jonas weiß nicht, warum er auf der Welt ist. Wie soll das funktionieren? Er muss ja nicht so fürchterlich viel älter sein. Mein Freund ist fast 20 Jahre älter als ich, soviel muss es nicht sein. Aber vielleicht jemanden, der schon bald mit seinem Studium fertig ist und etwas im Leben steht. Wenigstens einer von euch beiden sollte aus dem Experimentierstadium heraus sein."

„Hm. Vielleicht hast du Recht. Du bist ja auch viel älter als ich. Also wenn ich mir vorstelle, ich würde was mit meiner Freundin anfangen, was ich mir übrigens schon länger vorstelle, bestimmt wäre das auch nicht schön."

„Aber du bist ja jetzt eine kleine Expertin. Du hast ihr gegenüber einen Vorteil. Versuch sie doch mal zu verführen."

„Ich bin das erst, wenn ich dich geleckt habe."

Lissy schaute Kiara herausfordernd an. Dieses kleine Girlie schien in wenigen Minuten zu einer jungen Frau herangereift zu sein.

„Also was ist jetzt? Aber du wolltest mir ja erst noch was von dir erzählen!"

Lissy hatte nun eindeutig die Oberhand gewonnen.

„Lissy, bitte versprich mir, mit niemandem darüber zu reden."

„Versprochen, hoch und heilig. Auf meinen Vater und auf Christina Aguilera."

Kiara lächelte. „Na, das scheint ja dann wohl unumstößlich zu sein. Ich werde es mal versuchen. Also, es ist so. Ich gehöre einem Mann. Ich bin seine Sklavin. Aber ich habe vor einiger

Zeit eine andere Sklavin kennengelernt und mich in sie verliebt. Ich denke ständig an sie. Ich kenne nur ihren Vornamen. Ich weiß nicht mal wo sie wohnt, auch nicht den Namen ihrer Herrin. Ich bin total unglücklich verliebt. Auf einer Party sind wir uns sehr nahe gekommen. Mein Freund hat das gemerkt, und ich befürchte, ihre Herrin ebenfalls. Danach war mein Freund zum ersten Mal sehr wütend auf mich und hat mich mehrere Stunden lang mit der Peitsche bestraft. Wenn ich ihm jetzt von dir erzähle, ihm sage, ich sei bei dir gekommen, dann wird er vielleicht glauben, ich wollte wieder was mit einer Frau anfangen. Vielleicht wird er mich dann verstoßen. Das wäre schrecklich, denn dann wären alle meine Hoffnungen dahin. So ist es immer noch möglich, sie irgendwann mal wiederzusehen, und sei es nur für einen kurzen Augenblick, einen Blick zwischen ihr und mir."

Tränen kullerten über ihr Gesicht. Kiara konnte es nicht glauben, dass sie ausgerechnet mit diesem Girlie über ihre tiefsten Gefühle redete.

„Deshalb, Lissy, du darfst mit niemandem darüber reden. Ich habe keine Angst davor, aus Strafe für den Rest meines Lebens irgendwo anschaffen gehen zu müssen, oder dass mir gar eine Hand abgehackt wird. So ist mein Freund nicht. Aber wenn er mich verstoßen würde, das wäre ein einziger Alptraum."

Immer mehr Tränen liefen ihr übers Gesicht. Lissy kam nun ganz nahe an Kiara ran und gab ihr einen Kuss. Auch sie hatte ein paar Tränchen in den Augen. „Ich verspreche es dir. So etwas darf man doch nicht weitererzählen, wär 'ne ziemliche Sünde, denke ich."

Sie wanderte mit ihren Lippen zärtlich über Kiaras Mund. Mit einer Hand streichelte sie ihre Brüste.

„So, aber nun werde ich dich lecken. Ich möchte so gerne einmal eine Muschi lecken, und meine Freundin dann da auch mal küssen. Vielleicht bin ich ja doch 'ne Lesbe. Darf ich?"

„Ja, du darfst. Komm her, du Süße. Für dich will ich die Züchtigungen meines Freundes gerne auf mich nehmen. Du wirst deine Freundin bestimmt bald zur glücklichsten Frau auf Erden machen, trau dich!“ Kiara gab ihr einen Kuss und streichelte ihre Brüste.

Lissy machte ihre Sache gut, sie hatte Geschick. Mehr noch, sie machte es mit Leidenschaft und Hingabe. Kiara wendete alle von ihr erlernten Techniken an, um nicht zu kommen. Doch es nützte ihr nichts. Am Ende musste sie sich der Zunge Lissys dann doch ergeben.

Noch in der gleichen Nacht wurde sie von Mark intensiv mit der Peitsche behandelt. Sie ertrug es mit einem Lächeln.

Viktor

Die Aussprache

Sie hatten eben erst zu Abend gegessen, als Mark sie bat, in seinen Wagen zu steigen. Irgendwie wirkte er verärgert.

„Was muss ich vorher alles ausziehen?“ fragte sie.

„Nein, jetzt im Auto jedenfalls noch nichts. Du weißt, dass ich mit deinem zweiten Ausrutscher neulich bei Jonas noch nicht durch bin. Nun hat auch noch Robert angerufen und sich beschwert, du hättest seinem Sohn die Freundin ausgespannt. Seit dem wolle die nämlich nichts mehr von ihm wissen. Robert hat sie sich schon vorgeknöpft, aber sie ist wohl stur geblieben. Jonas sei ganz schön deprimiert. Robert hat mich gebeten, für Genugtuung zu sorgen. Es sei wirklich nicht akzeptabel, wenn eine Lesbe dem eigenen Sohn die Freundin ausspannt.“

„Seit wann bin ich eine Lesbe?“

„Schweig!“ Marks Gesicht lief feuerrot an. Offenbar war das Gespräch mit Robert sehr unangenehm gewesen.

„Ich weiß ja wirklich nicht, wie du es geschafft hast, dieser kleinen Göre so den Kopf zu verdrehen. Robert soll ihr sogar Geld angeboten haben. Aber sie sei angeblich nicht mehr an Jonas interessiert. Das ist für Jonas sehr demütigend. Robert ist äußerst verärgert. Also sag: Was hast du alles mit ihr angestellt?“

„Sie hat bei mir ihren ersten Orgasmus bekommen.“

„Ich sag es doch. Lässt man die Frauen kommen, flippen sie irgendwann aus. Deshalb ist es ja so wichtig, dass ich dich Zurückhaltung lehre. Und sonst?“

„Nichts sonst. Ich habe sie gestreichelt und geleckt, so wie sie es sich gewünscht hat. Jonas tat so, als wolle er mich nicht, er hatte aber nur Probleme mit seiner eigenen Spießigkeit. Da hat sie gefragt, ob sie mich haben könne. Prompt hat er mich weiterverschenkt. Soviel zur Wertschätzung deines Geschenks durch Jonas. Nun gehörte ich also ihr und habe alles gemacht, was sie wollte. Erst war sie sehr gemein zu mir, das änderte sich aber sofort, als Jonas draußen war. Nachdem sie gekommen ist, wollte sie mich auch lecken. Mark, ich habe mich wirklich gesträubt, ich habe es ihr auszureden versucht, weil ich verhindern wollte, was dann passiert ist. Sie ließ aber nicht locker und den Rest kennst du ja. Dafür hast du mich ja schon gleich in der Nacht noch ausgepeitscht. Hat sie sonst nichts gesagt?“

„Was soll sie sonst gesagt haben?“ Mark führte mitten auf der Straße eine Vollbremsung durch. „Ihr verheimlicht uns doch nicht etwa was? Komm, Kleines, rück es raus, bevor es zu spät ist, es ist besser für dich, glaube mir. Ihr habt doch jetzt nicht was miteinander, he?“

„Nein Mark, du kannst ruhig weiterfahren. Es ist nichts. Für mich war sie ein ganz normaler Mensch, dem ich mich geschenkt habe, so wie es mir auferlegt ist. Außerdem wollte sie gerne ihre Freundin verwöhnen und an mir lernen, wie das geht. Ist das nicht genau das, was du für mich vorgesehen hast, was die Aufgabe meines Körpers ist? Aber ich hatte auch gehofft, sie hätte vielleicht meine Darstellung bestätigt.“

Mark ließ den Wagen wieder anrollen. „Nein, hat sie nicht. Aus ihr war sowieso nichts herauszukriegen. Und wenn schon, das würde deine Situation nicht bessern. Ob nun eine Frau oder gleich zwei lügen, wen interessiert das schon? Hast du einen männlichen Zeugen, he? Und wie kommst du darauf, dass ich so etwas auch noch gut heißen könnte? Du hast einem unreifen Mädchen gezeigt, wie es seine Freundin verführen kann. Du hast damit an einem Abend aus einer Lesben-Fotze gleich zwei weitere gemacht, mit denen es dann in Zukunft nichts als Schwierigkeiten gibt. Siehe Alina und du.“

„Nein, habe ich nicht. Und einen männlichen Zeugen habe ich auch nicht. Aber es war so, wie ich es dir eben gesagt habe.“

Kiara hatte nur noch einen Gedanken: „Danke, danke, danke liebe Lissy, dass du dein Versprechen gehalten hast.“ Ihr fiel ein riesengroßer Stein vom Herzen.

Mark warf ihr einen vernichtenden Blick zu. Ihre ungebührlichen Widerworte veranlassten ihn merkwürdigerweise nicht zu einer weiteren Vollbremsung.

„Wie auch immer. Wir machen uns Sorgen darüber, dass du dich mehr und mehr an andere Weiber heranmachst. Erst verdrehst du Alina den Kopf, so dass Ellen schon daran denkt, sie abzustoßen, jetzt auch noch so einer kleinen 17-Jährigen. Ich möchte keine weiteren Affären dieser Art erleben, haben wir uns verstanden?“

Kiara stockte der Atem. „Wie geht es denn Alina jetzt?“

Mark bremste den Wagen erneut aus voller Fahrt ab.

„Kiara! Was ist los mit dir? Wirst du renitent? Hast du über Nacht alles vergessen, was ich dir beigebracht habe? Ich habe gefragt, ob wir uns verstanden haben?“ Krachend fiel seine Hand auf ihren linken Oberschenkel.

„Ja, Mark, keine weiteren Affären mit Frauen mehr.“ Kiara senkte ihren Kopf. Ihr war zum Heulen zumute.

Der Wagen nahm wieder Fahrt auf. „Ich weiß es nicht, wie es Alina geht, es interessiert mich ehrlich gesagt auch nicht die Bohne. Sie ist eine Lesbe und sie ist die Sklavin von Ellen. Ellen hat darüber zu befinden, was mit ihr zu geschehen hat. Wie man hört, soll sie seit einiger Zeit ganz besonders häufig und gerne mit der Peitsche schwingen. Alina hat sich auf der Party daneben benommen. Du natürlich ebenfalls, aber das ist mein Problem. Ich möchte nur nicht, dass sich mein Problem langsam aber sicher zu einem riesengroßen Problem ausweitet. Haben wir uns verstanden?“

„Ja, Mark, ich habe dich verstanden. Ich werde dir keine Probleme mehr bereiten.“ Kiara war geknickt.

Mark lenkte das Fahrzeug in Richtung Frankfurter Innenstadt.

„Mark, darf ich etwas sagen?“

„Warum?“

„Mark, bitte, es ist mir wichtig.“

„Also meinetwegen, sprich!“

„Mark. Du weißt, ich war bei Ellen. Ich hatte mich gewundert, warum sie eine Sklavin hat und habe sie gefragt, ob sie auf Frauen steht. Ich weiß, das hat sich nicht gehört. Ellen hat mir dann aber doch geantwortet. Also sie hat nichts mit Frauen, im Gegenteil, sie verachtet andere Frauen. Und schau mal, so eine hält sich jetzt eine Sklavin, die aber nur auf Frauen steht, die eine Lesbe ist. Die wohl mal sehr in Ellen verliebt war, jetzt aber von ihr gequält wird. Sie wird nicht dominiert, sie wird von ihr gequält. Ellen lässt sie zum Beispiel für eine Internet-Website Cumshots machen. Ich würde nicht mögen, wenn man mein Gesicht so im Internet sehen kann. Aber ich habe kein Problem damit, wenn mir ein Mann in den Mund oder ins Gesicht spritzt. Für Alina muss das aber die Hölle sein. Und sie hat keine Hoffnung. Sie hatte wohl mal die Hoffnung, dass ihre Liebe erwidert wird. Aber eine solche Hoffnung kann es nicht geben, wenn du weißt, was ich meine. Wie soll sie als Sklavin hoffen dürfen?“

„Und was kümmert es dich und mich?“

„Mark, du weißt, dass ich dich sehr schätze. Auch habe ich in der Zeit mit dir sehr viel gelernt und unendlich viele neue Erfahrungen gemacht. Ohne dich wäre das nie möglich gewesen. Ich bin dir wirklich sehr dankbar dafür und ich möchte weiterhin deine Sklavin sein. Ja, das möchte ich wirklich. Ich möchte dich auch nicht enttäuschen. Aber du weißt auch, dass ich Alina sehr lieb habe. Ich bin in großer Sorge um sie. So wie sie da bei Ellen lebt, das kann nicht gut gehen. Eine Lesbe kann nicht Sklavin einer Frau sein, die andere Frauen verachtet und vermutlich Lesben ganz besonders. Versteh doch bitte: Sie ist dort gefährdet. Das ist kein Spiel! Ich weiß Mark, wir haben eine Vereinbarung getroffen. Ich habe mich darauf eingelassen. Du warst immer sehr fair zu mir. Ich möchte unseren Vertrag auch in Zukunft erfüllen. Und wenn du es sagst, werde ich sofort meinen Mund halten. Aber wenn du mich auch ein wenig gerne hast, ich meine wirklich gerne hast, dann höre mir bitte in diesem Punkt einfach mal zu. Bitte!“

Tränen kullerten über ihr Gesicht.

Mark sprach in den nächsten zehn Minuten kein Wort. Kiara saß schweigend neben ihm und hatte ihren Kopf gesenkt. Sie bogen in die Taunusstraße ein und näherten sich dem Frankfurter Bahnhofsviertel. In der Ferne konnte sie bereits die Neon-Reklamen der einschlägigen Etablissements der Frankfurter Rotlicht-Szene erkennen.

„Kiara, ich denke, ich habe verstanden, was du mir sagen wolltest. Ich werde über uns beide noch einmal nachdenken, mich auch mit anderen, insbesondere Michael, besprechen. Ich werde dir dann meine Entscheidung bei Gegebenheit mitteilen.

Wie auch immer. Aufgrund des Anrufs von Robert habe ich mich zu einer Bestrafung veranlasst gefühlt. Ich gebe zu, diese Entscheidung wäre nach unserem Gespräch von eben anders ausgefallen. Vielleicht sollte ich dich öfter einmal etwas länger zu Wort kommen lassen.

Nun habe ich aber die Bestrafung bereits vereinbart. Ich bitte dich, dies dann auch so zu akzeptieren. Aber du hast mir ja eben ohnehin gesagt, dass du sehr viele interessante Erfahrungen dank mir gemacht hast. Nun, heute kannst du eine weitere machen. Ist das so ok für dich?“

Kiara lächelte. Das Gespräch mit Mark hatte ihr sehr gut getan. Sie war so froh darüber, sich ihm endlich einmal anvertraut zu haben. „Mark, ich bin deine Sklavin, natürlich akzeptiere ich deine Bestrafung. Du wirst sehen, ich werde dich auch diesmal nicht enttäuschen. …Danke.“

Am Hauptbahnhof

Mark bog in die Elbestraße ein und hielt an.

Viktor hätte die Karikatur eines Zuhälters sein können: Groß, kräftig, übergewichtig, am ganzen Körper tätowiert, brutale Fratze, Macho-Gehabe, Glatze, Goldkettchen, Rolex. Und: Viktor war Zuhälter.

Mark überreichte ihm Kiara. „Morgen früh um 10 Uhr hole ich sie wieder ab."

„Mark, hier treiben wir den Weibern ihre Flausen aus dem Kopf. Du wirst sehen."

Viktor schob Kiara in sein Zimmer.

„So Kindchen. Du darfst diese Nacht exklusiv für mich anschaffen, und zwar gleich hier vorne in einem Zimmer in der Taunusstraße. Aber damit das auch klappt, werde ich dir erst einmal erklären, wie der Laden läuft. Ich habe gehört, du treibst es neuerdings ständig mit anderen Weibern. Das werde ich dir austreiben. Jedes Mal wenn du dich wieder auf eine eingelassen hast, darfst du hier anschaffen und den Jungs die Schwänze blasen. Das machen wir dann so oft und so lange, bis du jegliches Interesse an Weibern verloren hast. Noch besser: du bringst deine Freundin gleich mit. Dann verarbeite ich euch im Doppelpack: Die eine hier, die andere auf dem Straßenstrich. Ja, und wenn das immer noch nicht reicht, dann kommt eins zum anderen: Erst Straßenstrich, dann Autobahnraststätten, schließlich Tschechien. Also mach ruhig so weiter, dann habe ich ein prima preiswertes Pferdchen mehr im Stall. Oder auch zwei."

Er taxierte Kiara von oben bis unten ab.

„Lass erst mal sehen, was du zu bieten hast." Seine Handbewegung ließ erkennen, dass er ihren Körper meinte. Kiara zog sich aus.

„Ja, prima. Damit lässt sich was anfangen. Was machst du denn alles? Lässt du dich in den Arsch ficken?"

„Ja, normalerweise schon."

„Gut. Kann man dich dem Mark abkaufen?"

„Das musst du mit Mark besprechen. Aber ich denke nicht."

„Na ja, war ja auch nur so eine Idee. Also Kindchen, hier läuft das etwas anders als du es gewohnt bist. Die Leute, mit denen Mark es zu tun hat, machen ständig Blut-Tests. Kennst du ja von dir sicherlich auch. Wenn zum Beispiel der Joachim sein Sommer-Fest gibt, dann musst du beim Einlass einen aktuellen Test vorlegen. Hier sind Gummis Pflicht. Es läuft absolut nichts ohne Gummis. Es gibt hier Schlampen, die machen es für ein paar Euronen mehr auch ohne Gummi, du aber nicht. Verstanden?"

„Ja, klar."

„Zeig mal dein Hinterteil."

Kiara drehte sich um.

„Ist alles ok, kannst mir wieder deine Titten zuwenden. Ich habe nur geschaut, ob dein Halter dir in der letzten Zeit ein paar stärkere Striemen zugefügt hat. Nicht dass ich was dagegen hätte, im Gegenteil, ihr Weiber habt es meist nicht anders verdient, euch tut die Peitsche gut. Aber hier arbeiten viele Frauen auf eigene Rechnung. Und wenn dann eine mit Striemen dabei ist, dann glauben die Freier, die wäre hier von ihrem Eigentümer hineingeprügelt worden. Die will eigentlich nicht arbeiten, muss es aber. Also so eine wie du. Das törnt viele total ab. Umso besser, wenn man dir nichts ansehen kann."

Viktor griff nach einer Packung Kondome.

„Wie gut kannst du mit Gummis umgehen?"

„Ich habe nicht sehr viel Erfahrung damit."

„Also, es ist so: Die Nutte zieht dem Freier das Gummi über. Denn es geht um deine Sicherheit. Es nützt dir nichts, wenn's einer gleich beim Anziehen kaputt macht oder falsch überzieht und es dann beim Ficken abrutscht. Außerdem werden die Kerle meist nervös dabei. Die sind froh, endlich einen Steifen zu haben. Und wenn sie sich dann das Gummi überrollen sollen, macht es Peng, und das Ding ist wieder schlaff. Also machst du das, am besten beim Blasen. Du fängst mit dem Blasen an, rollst ihm dabei das Gummi rüber und dann macht ihr das, was ihr vorher vereinbart habt. Claro?“

„Ja bislang noch.“

„Keine Angst, wir werden gleich alles schön üben. Ich will ja auch meinen Spaß haben. Meinst du ich schicke dich gleich aufs Zimmer, ohne dich vorher getestet zu haben? Bei mir darf nur gute Ware arbeiten. Ich mache also die Qualitätskontrolle. Wenn du wissen willst, wofür Zuhälter gut sind, das ist so ein Grund. Dazu noch ’ne Frage?“

„Ähm nicht direkt dazu. Aber was ist mit dem Geld?“

„Dazu komme ich noch. Eins nach dem anderen. Aber klar, Weiber denken immer erst mal ans Geld.

Also ich beschreib dir mal den Ablauf. Zieh erst mal wieder deine Strümpfe und Schuhe an, die sind ok, dazu noch diesen Rock und dieses BH-Oberteil.“

Er wartete, bis sie fertig war.

„So lass mal sehen, dreh dich mal um. Prima. Aber warte mal. Was hast du für eine Schuhgröße? Ok, dann ziehe mal diese Schuhe an, deren Absätze sind noch etwas höher. Ja, so ist es perfekt. Siehst wie ’ne Super-Nutte aus. So könntest du auch auf dem Straßenstrich anfangen. Oder wollen wir dahin?“

„Ich kann das nicht entscheiden. Was hat Mark denn gesagt?“

„Beruhige dich, Kindchen. Mark hat sich hierfür entschieden und dann bleiben wir auch dabei. Schließlich gehörst du ja noch ihm.

Also entweder du arbeitest, dann hast du deine Zimmertür zu, oder du gehst auf Freier-Fang, dann stehst du in der Türe und bietest dich an.

Stell dich mal da in den Türrahmen. Kannst dich ruhig ein bisschen anlehnen, sieht besser aus, ja, ungefähr so. Und jetzt schau mich mal so an, dass ich gar nicht anders kann, als dich zu kaufen. Du musst immer im Kopf haben. In der Nebentür steht ’ne andere, und die ist auf die gleichen Freier scharf.“

Nichts fiel Kiara leichter als das.

„Ja, cool. Du hast es echt drauf. Noch ein Tipp. Schau die Typen an, die du haben willst. Die meisten Männer wollen begehrt werden. Wenn du einen Freier so anschaust, als wenn dir noch nie ein geilerer Typ über den Weg gelaufen wäre, dann wird er kaufen. Bei dir sowieso.

Also der ganze Vorgang beginnt mit dem Verhandeln. Es wird vorher und vor der Türe ausgemacht, was der Kunde will bzw. was du anbietest und was das kostet. Und nachdem die Tür dann innen zu ist, fließt zu allererst das Geld. Die Preise habe ich dir hier zusammengestellt. Halte dich daran, sonst werden dir deine Kolleginnen die Augen auskratzen. Lege dir das Blatt so zurecht, dass du jederzeit einen Blick darauf werfen kannst. Aber ich bin mir sicher, so clever wie du ausschaust, wirst du das in ein Paar Minuten drauf haben. Achte darauf, dass du das Geld sicher deponierst. Wenn das Geld irgendwo rumliegt, ist es schnell weg. Gefährlich sind nicht nur die Freier, sondern auch deine Kolleginnen.

Deine Aufgabe ist es, diese Nacht 500 Euro zu verdienen. 200 Euro kostet das Zimmer, also musst du echte 300 für mich anschaffen. Du hast daran eine Gewinnbeteiligung von Null Prozent. Schaffst du das Ziel nicht, gehörst du mir für eine weitere Nacht, und zwar so lange, bis du es endlich drauf hast. 500 Euro ist ein Haufen Geld, die meisten Mädchen hier schaffen das nicht, speziell jetzt in der Nacht ist das nicht leicht, also streng dich richtig an.

In den Zimmern findest du Alarmknopf, Uhr, Gummis, Papier, Gleitgel, Waschzeug und alles was es sonst noch braucht. Gleitgel benötigst du wahrscheinlich nicht, eine Type wie du ist bestimmt dauergeil.“

Kiara sagte nichts.

„So, und dann lass uns mal zum praktischen Teil übergehen. Komm mal her zu Daddy.“

In der folgenden halben Stunde brachte er ihr die notwendigen praktischen Kenntnisse bei. Dabei probierte er ganz nebenbei ihre Öffnungen aus.

Kiara arbeitete die ganze Nacht ohne Unterbrechung in ihrem kleinen Bordellzimmer in der Taunusstraße. Wie sie die Freier von sich überzeugen konnte, hatte sie sehr schnell heraus. Die gleiche Art, die sie auch im Umfeld von Mark so begehrenswert machte, wirkte auch hier. Ein Freier blieb sogar gleich zwei Stunden bei ihr. Gegen 09:00 Uhr in der Frühe hatte sie bereits 750 Euro zusammen. Eine halbe Stunde später holte sie Viktor ab.

„Na, wie läuft es denn, Kindchen? Papa möchte Kasse machen."

Kiara gab ihm ihren gesamten Verdienst.

„Oh, Schätzchen war aber fleißig! Du könntest mein bestes Pferd im Stall sein. Bist du sonst mit allem klargekommen? Gummis, Gleitgel, Freier, alles soweit in Ordnung?"

„Das Gleitgel habe ich nicht angerührt."

„Sag ich doch! Du bist mir vielleicht 'ne Nummer! Ich werde nochmal mit deinem Mark über dich reden müssen. Komm zu Papa, und du wirst es besser haben. Na ja, werden sehen. Räum kurz dein Zimmer auf, bring die Sachen in den Müll und dann komm runter in mein Büro. Du kannst ruhig so durch die Gegend laufen, die Kerle werden dich zwar angaffen, aber damit hast du ja sowieso kein Problem."

Als Kiara das Zimmer von Viktor betrat, war Mark schon da.

„Mensch Kiara, wenn ich das gewusst hätte, wäre ich auch als Freier zu dir gekommen. Du siehst in deiner Kleidung rattenscharf aus."

„Danke, Mark."

„Liebling, zieh dich bitte rasch um, ich bringe dich nach Hause, und dann darfst du meinetwegen den lieben langen Tag im Bett herumlümmeln. Du musst ja todmüde sein."

„Ja, in der Tat, ich könnte auf der Stelle einschlafen."

„Wie machen wir es denn Mark?", meldete sich Viktor zu Wort. „Die Kleine hat diese Nacht nur 350 Euro eingenommen. Dann werde ich sie nächste Woche wohl noch mal haben, oder?"

Kiara schaute entsetzt auf, wagte aber nichts zu sagen.

Mark warf einen Blick auf seine Uhr. „Kiara, kommst du mal bitte."

Kiara hatte schon wieder einen Großteil ihrer ursprünglichen Kleidung an.

„Wenn ich möchte, dass du dich jetzt vor mir ausziehst, kann ich das für 150 Euro haben, ja oder nein?"

„Aber sicher, mein Herr." Kiara lächelte. Sie ahnte, worauf er hinaus wollte. „Bezahlt wird hier aber immer vorher."

„Verstehe." Mark holte seine Brieftasche hervor und gab ihr das Geld. „Bitte schön!"

Kiara reichte die Scheine direkt an Viktor weiter. „Hier ist meine restliche Tageseinnahme. Tut mir leid, dass ich erst jetzt damit rausrücke."

Dann zog sie ihr Oberteil aus, aber Mark stoppte sie sofort. „Danke. Gefällt mir sehr gut. Ich habe genug gesehen. Zieh dich bitte wieder an."

Wenige Minuten später saßen sie im Auto. Kiara wäre beinahe auf der Stelle eingeschlafen.

Sie blickte kurz zu Mark herüber und flüsterte ganz leise: „Danke!".

„Sag mal, Kiara, wieviel hast du denn wirklich in dieser Nacht verdient?"

„750 Euro. Warum fragst du?"

„Mir war dein Blick aufgefallen, als er die 350 Euro erwähnte. Das hat mich stutzig gemacht. Außerdem kenne ich dich. Du würdest im Bahnhofsviertel doch nicht mit 350 Euro pro Nacht nach Hause kommen. Du doch nicht! Die Kerle würden die ganze Nacht bei dir Schlange stehen.“

Kiara schaute ihn lange an. „Irgendwie hat sich unser Verhältnis seit unserer Aussprache verändert“, sagte sie zu sich selbst. „Erst glaubt er mir und nicht diesem Zuhälter, und dann erlaubt er mir auch noch eine Gegenfrage zu stellen, ohne mich gleich in meine Schranken zu weisen.“ Sie lächelte vor sich hin. Er legte eine Hand zwischen ihre Schenkel, die sie ihm bereitwillig öffnete. Dann schlief sie erschöpft ein.

Ein Tag am Main

Nach einem längeren Einkaufsbummel kehrten Kiara und Miriam in eines der in der Nähe des Eisernen Stegs ankernden Restaurantschiffe ein. Sie gingen bis ganz ans Ende des Kahnes durch, dort, wo sich das Deck noch einmal etwas absenkt, um Raum für vier kleinere Tische zu lassen. Kiara mochte diesen Platz. Einerseits waren sie hier recht ungestört, andererseits gab er ihr das Gefühl, dem Wasser besonders nahe zu sein.

Sie spannten einen Schirm auf, um sich vor der Sonne zu schützen. Kiara bestellte einen gespritzten Apfelwein, Miriam eine Cola.

„Auf meiner Uhr ist es jetzt Viertel nach zwei. Schau doch mal, ob deine noch geht."

„Miriam, bitte sei nicht so spitz. Ich muss erst um neun wieder zurück sein und diesmal werde ich bestimmt daran denken."

„Nennt man das nicht Ausgang?"

„Miriam, bitte!"

„Und hast du jetzt sicherheitshalber eine Stunde weniger?"

„Ach, Miriam." Eine Träne kullerte über Kiaras Wange.

„Ist ja schon gut, Liebes. Aber du erzählst mir ja auch nichts. Als deine beste Freundin werde ich mir ja um dich noch Gedanken machen dürfen, oder?"

„Ja, das darfst du. Aber sei bitte nicht so gemein, ich vertrage das momentan nicht gut."

„Komm, lass uns über was anderes reden. Dich scheint etwas zu bedrücken, aber du willst es mir nicht sagen. Du wirst schon deine Gründe dafür haben. Was macht denn dein Buch?"

„Ich komme ganz gut voran. Erst letzte Woche habe ich ein neues Kapitel abgeschlossen."

„Aha! Und? Worum geht es dabei?“

„Ähm. Das kann ich jetzt noch nicht sagen. Das Buch ist doch noch nicht fertig.“

„Liebes, also bei mir sind solche Sachen absolut sicher aufgehoben. Ich werde gewiss niemandem irgendetwas über den Inhalt deines Buches erzählen, jedenfalls nicht, bevor man es kaufen kann. Was denkst du eigentlich von mir?“

„Miriam, das wollte ich dir auch nicht unterstellen.“

„Ja aber was denn? Kiara, worüber sollen wir beide uns unterhalten? Über deinen Mark rückst du nichts raus, und über dein Buch willst du auch nichts sagen. Schau mal, sind das nicht wunderschöne Schwäne da drüben?“

„Nein Miriam, wir müssen uns nicht über die Schwäne unterhalten.“

„Ja aber über was denn?“

„Ich traue mich nicht, dir das letzte Kapital zu erzählen. Ich habe Angst, du würdest mich dann verachten.“

„Liebes, du willst das Buch doch veröffentlichen, oder? Irgendwann liegt es dann bei Hugendubel herum und dann kommt ja doch alles heraus. Und wenn es wirklich so schlimm ist, wie du jetzt tust, dann ist es besser, du erzählst es mir gleich, weil ich mich dann beim Erscheinen des Buches schon längst wieder abgeregt habe. Andersherum kann ich für nichts garantieren.“

Kiara schaute den am Ufern vorbeifahrenden Radfahrern und Skatern zu. Sie gab sich einen Ruck.

„Ok, ich will es mal versuchen. Aber bitte hör einfach zu und lache mich nicht aus. Deine Kommentare kannst du ja hinterher abgeben.“

Dann erzählte sie Miriam ihr Erlebnis bei Jonas, aber aus der Sicht ihrer Romanfigur.

„Das ist gut, Liebes, gefällt mir! Aber sag mal, wie kommst du denn auf solche Sachen? Kann es sein, dass ich dich noch gar nicht richtig kenne? Woher nimmst du das? Und was mag da sonst noch alles in deinem Köpfchen drinstecken, was du mir und anderen vorenthältst?"

„Miriam, bitte, fang nicht schon wieder damit an!"

„Ich sage doch gar nichts."

Sie wurden durch den Ruf einer Mädchenstimme unterbrochen.

„Kiara!"

Kiara schreckte auf. Am Ufer winkten zwei Skaterinnen. Eine davon war Lissy.

Und dann rollten sie auch schon lachend und albernd zu Kiaras und Miriams Tisch.

„Hi Kiara, schau mal, meine Freundin Ayisha."

Lissy und Ayisha gaben sich einen Kuss auf den Mund. Und dann rutschten sie auch schon auf Kiaras Bank.

„Hi, ihr beiden. Das ist übrigens meine beste Freundin Miriam."

Ayisha war ein junges Mädchen von vielleicht 16 oder 17 Jahren. Sie hatte große, dunkle Augen, tiefschwarze Haare und eine leicht getönte Haut. Kiara überlegte, ob sie wohl eher türkische oder indische Eltern haben möge. Beide Mädchen sahen in ihrer sommerlichen Kleidung, ihren knappen Röckchen und ihren zahlreichen Sicherheitspolstern sehr reizend aus.

„Kiara, ich habe mit Jonas Schluss gemacht. Sein Daddy hat mich zwar noch umstimmen wollen, hat mir sogar richtig Knete geboten, doch ich bin stur geblieben. Der kann mich in Zukunft mal. Ich habe übrigens nichts verraten."

Miriams Augen und Ohren weiteten sich.

„Danke, wirklich ganz lieb von dir. Und Dank an Christina Aguilera. Jonas und du, das wäre sowieso nicht gut gegangen."

„Und weißt du was, Kiara?“ Die Stimme von Lissy nahm einen freudigen und aufgeregten Klang an.

„Ayisha und ich sind jetzt zusammen! Ich hab deinen Rat gleich am nächsten Tag befolgt!“

Die beiden Freundinnen küssten sich erneut auf den Mund.

„Ach du bist das?“, stellte Ayisha erstaunt fest.

Und ehe sich Kiara versah, hatte sie den schmatzenden Kuss und süßlichen Duft des Mädchens auf dem Mund.

Lissy und Ayisha bestellten sich jeweils eine Cola, alberten noch etwas herum, küssten sich hier und da, doch dann wollten sie schließlich weiter und machten sich auf dem Weg. Kiara gab beiden zum Abschied einen Kuss.

Miriam schaute Kiara mit großen offenen Augen an:

„Liebes, ich glaube du bist mir jetzt eine Erklärung schuldig. Eben erzählst du mir von deinem Buch, von einem Erlebnis einer Frau – na ja ich kann das Wort kaum aussprechen, einer Sklavin – mit zwei Jugendlichen namens Jonas und Lissy, wobei sich Lissy am Ende von ihrem Jonas trennt, und dann sitzt mir hier gerade eine Lissy gegenüber, die dich auf den Mund küsst und die sich eben erst von ihrem Freund – wie könnte es anders sein: Jonas – getrennt hat. Jetzt hat sie ein Verhältnis mit ihrer besten Freundin, genauso wie in deinem Buch. Und natürlich hat der Vater von Jonas sie noch mit Geld umstimmen wollen, ebenfalls wie in deinem Buch. Kiara, wir kennen uns nun schon so lange. Ich bin deine beste Freundin, jedenfalls habe ich das mal geglaubt. Sag mir doch bitte endlich, was mit dir los ist!“

Kiara, senkte ihren Kopf und nahm die Hände vor ihr Gesicht. Dann bebte ihr Körper. Wie ein Sturzbach flossen die Tränen. Sie weinte heftig und stumm vor sich hin, kein Laut war zu vernehmen. Miriam setzte sich neben sie und nahm sie in ihre Arme. Auch sie sagte kein Wort.

Nach einer schier endlosen Zeit beruhigte sich Kiara etwas. Sie trocknete ihre Tränen und machte sich auf den Weg ins Bad. „Ich bin gleich wieder da."

Als sie zurückkehrte, hatte sie sich ein wenig gefangen.

„Miriam, du hast Recht. Ich verschweige dir etwas. Aber das liegt zum Teil auch an dir. Ich habe vor einiger Zeit einmal versucht, dir etwas über mich mitzuteilen, was mich schon länger bedrückte. Ich gebe zu, es war kein günstiger Zeitpunkt, wir hatten beide zuviel Alkohol getrunken. Aber du hast mich damals ausgelacht. Meine Angst ist, dies könnte jetzt auch wieder passieren. Schlimmer noch: Du würdest mich für alle Zeiten verachten. Alles was ich von dir verlange ist, dass, egal was ich dir gleich von mir erzähle, ich trotzdem für dich immer noch die gleiche Kiara wie vorher bin."

„Ok, Liebes, ich verspreche es dir. Ich kann mich zwar an nichts mehr erinnern, aber vielleicht habe ich damals wirklich nicht richtig zugehört und auch sehr dumm reagiert."

Dann erzählte Kiara ihrer Freundin von ihren verborgenen Wünschen, ihren Enttäuschungen in ihrer Beziehung mit Jens, ihrem Erlebnis am Flughafen, der Kontaktanzeige, ihrem ersten Zusammentreffen mit Mark, ihrer Unterwerfung und ihrem Leben als Sklavin. Und natürlich erzählte sie auch von Alina und ihrer Liebe zu ihr.

Miriam war sprachlos.

„Liebes, es ist mir an vielen Stellen nicht leicht gefallen, dir zu folgen. Ich sage es dir ganz offen, das war viel mehr, als ich befürchtet habe. Ich frage mich überhaupt, was ich denn bisher von dir gewusst habe. Du kommst mir jetzt wie ein riesengroßer Eisberg vor, von dem nur ein winzig kleiner Teil aus dem Wasser herausragt, und alles andere verborgen ist. Eisberg ist vielleicht ein schlechtes Beispiel, mir ist jetzt aber auf die Schnelle nichts Besseres eingefallen. Vulkan würde es wohl eher treffen."

Dabei lächelte sie.

„Eines verstehe ich an der ganzen Sache aber nicht. Du hast dich immer sehr für die Rechte von Frauen eingesetzt. Oft hast du noch viel mehr auf Gleichberechtigung gepocht, als ich das tue. Das war dir immer sehr wichtig. Wie passt das mit deinem jetzigen Leben zusammen?“

„Miriam, ich weiß da ja auch nicht richtig weiter. Ich habe einen sehr starken Wunsch, mich einem Mann sexuell zu unterwerfen. Er soll etwas mit mir anfangen, mich überall anfassen und mich ohne Rücksicht nehmen.

Natürlich wäre es politisch korrekt und vielleicht auch schön, wenn Mark mich nur im Bett dominieren würde, während wir ansonsten vollkommen gleichberechtigt wären.

Ich habe mich darüber einmal etwas länger mit Marks bestem Freund Michael unterhalten. Er meinte, die Sache wäre dann nur ein Spiel. Auf diese Weise könne keine echte Hingabe entstehen.“

„Ja aber Kiara, Mark kontrolliert doch alles bei dir, selbst die Zeiten, an denen du ausgehen darfst. Das verstehe ich nicht. Du redest doch nur von Sex.“

„Miriam, ich befürchte, dies kann man nicht wirklich trennen. Er kontrolliert zum Beispiel meinen Orgasmus, damit hat er die Herrschaft über meine Sexualität. Mein Körper gehört Mark, auch jetzt in diesem Augenblick. Und wenn er den jetzt zurückhaben will, um ihn zum Beispiel jemand anderem zur Verfügung zu stellen, dann werde ich mich fügen. Das ist der Deal! Und genau so brauche ich es.

Als mich Michael das erste Mal sah, meinte er zu Mark: ‚Die ist aber hübsch, kann ich die mal ausprobieren?’ Marks Antwort war: ‚Klar, dafür ist sie ja da.’ Ich verstehe, wenn dich das irritieren oder schockieren sollte. Glaube mir, ohne mein Verlangen ginge mir das nicht anders. So ist es für mich aber genau richtig. Erst dadurch fühle ich mich wirklich als Frau.“

„Als Frau? Warum nicht als ein Stück Fleisch, das sich eine Horde Männer teilt?“

„Miriam!“

„Entschuldigung, Liebes, ich wollte dich nicht verletzen. Ich möchte dich ja nur wirklich verstehen.“

„Miriam, ich verstehe ja auch nicht alles. Jens und ich waren in jeder Hinsicht gleichberechtigt. Ich bin ihm dabei aber immer ähnlicher geworden, nicht er mir, sondern ich ihm. Mir ist die Hingabe abhanden gekommen. Ich glaube, er hätte sie nicht einmal akzeptiert. Er hätte mit einer solchen Frau gar nichts anfangen können oder wollen, vielleicht wäre ich für ihn sogar irgendwann mal zum Störfaktor geworden. Möglicherweise hat er den Konflikt gespürt und sich deshalb noch schnell an den von mir so ziemlich entferntesten Ort der Welt verzogen. Was Mark mit mir anstellt und von mir verlangt ist sicherlich extrem. Aber er widmet mir auch sehr viel Zeit, sehr viel mehr als Jens. Und ich bekomme sehr viel Zuwendung, und zwar als Frau, nicht nur für irgendwelche Artikel oder klugen Worte.

Natürlich muss ich sehr viel geben, aber ich bekomme auch sehr viel zurück. Als ich nach dem Aufenthalt bei Ellen nackt, wehrlos, erschöpft und zerschunden in seinen Armen lag und meine um seinen Hals warf, während ich seine Liebkosungen empfing, da war das so ein Augenblick, an dem ich hätte sagen wollen: ‚Verweile doch, du bist so schön!’

Ich war in diesem Moment nur noch Weib und sonst nichts. Es war wie ein Urprogramm, was plötzlich wieder lief. Vielleicht soll ich auch deshalb so viel Fleisch essen: Ich bin seine Steinzeitfrau, die von ihm genährt und dann in seine Höhle geschleppt und geschwängert wird. Und ist es nicht das, worum es im Leben geht?“

„Wusste ich es doch! Und beim letzten Mal wolltest du mir – deiner besten Freundin – noch weismachen, du würdest nun Steaks statt Spaghetti essen, weil du als Freundin von Mark nicht mehr aufs Geld achten musst. War also doch alles von ganz weit oben angeordnet! Ok, ok, Liebes, ich kriege mich wieder ein, kannst wieder freundlich schauen. Aber was war das mit dem Schwängern? Denkt ihr etwa an Kinder? Ich dachte bislang, es geht um Sex."

„Miriam, du weißt, ich gehöre ihm, mein Bauch auch, und mein Magen sowieso. Momentan verhüte ich, das ist zwischen uns so abgesprochen. Aber selbstverständlich darf er mir ein Kind machen, ich habe es mir sogar schon ein paar Mal gewünscht."

„Und was ist mit deinem Beruf?"

„Er hat nichts gegen meinen Beruf, im Gegenteil, er unterstützt mich darin, wenn er kann. Er ist ein kluger Mann. Ich kann mit ihm über viele Aspekte meiner Arbeit diskutieren. Ich habe schon den einen oder anderen sinnvollen Ratschlag von ihm bekommen. Ein anderes Mal hört er vielleicht nur zu, auch das hilft.

Vielleicht vermittelte ich auch einen falschen Eindruck. Es gibt auch viele normale Momente mit Mark, so wie bei anderen Paaren auch. Doch im nächsten Moment bin ich dann wieder sein Mädchen, was von ihm erzogen wird."

„Ja aber dann ist doch eigentlich alles paletti! Oder wo ist dein Problem? Wenn ich mal zusammenfassen darf: Eine Horde Steinzeitmänner hält sich ein Steinzeitweibchen und fickt es täglich nach allen Regeln der Kunst durch. Wenn es nicht pariert, wird es noch mehr gefickt, durchgeprügelt oder weitergereicht. Mit all dem hat das Steinzeitweibchen aber kein Problem, im Gegenteil, es findet die Situation geil. Gefüttert wird es mit Fleisch. Ja und ein bisschen Auslauf hat es hin und wieder auch noch. Zum Beispiel heute.

Du musst nicht wieder so ernst dreinschauen. Das ist jetzt nicht böse gemeint. Im Gegenteil: Manches macht mich sogar ausgesprochen neidisch. Einige deiner Erlebnisse fand ich abschreckend, zum Beispiel das mit Ellen. Aber bei deiner Schilderung über deine erste Begegnung mit Michael, als Mark dich wie ein neu erstandenes Videogame an seinen Freund ausgeliehen hat, bin ich sogar richtig feucht geworden."

Kiara grinste: „Soll ich dich mit ihm bekannt machen?"

„Nein Danke! Oder hast du den Auftrag, mich für deine Fick-Sekte anzuwerben?“

„Miriam!“

„Entschuldigung Liebes. Aber du wirst sicherlich auch verstehen, dass ich mich mit manchen Details noch immer sehr schwer tue. Für eine emanzipierte Frau ist das meiste deiner Schilderungen ja echt hammerhart. Emanzipation heißt doch irgendwie auch Autonomie, und gerade auf die verzichtest du.“

„Emanzipation heißt für mich auch, zu meinen Wünschen und Bedürfnissen zu stehen, mich also ernst zu nehmen. Und ich möchte mich nun einmal einem Mann unterwerfen. Warum soll ich eine gleichberechtigte Beziehung wie mit Jens führen, wenn ich dabei nicht glücklich werde? Es geht doch um mein Glück! Außerdem gibt es auch Männer, die von einer Frau oder einem Mann dominiert werden möchten. Vielleicht ist das etwas schwieriger, denn Mark ist mir physisch weit überlegen, seine Macht mir gegenüber ist also real. Wenn er mich für etwas bestrafen möchte, dann fehlt mir allein schon die Kraft, dies zu verhindern. Aber gerade diese Zwangsläufigkeit reizt mich so. Manchmal habe ich dabei nur ein Halsband an. Er packt mich an den Handgelenken und dann weiß ich, gleich wird er etwas mit mir machen, aber was? Ich bin ihm ganz ausgeliefert, bin ganz Weib. Es ist wie ein Geschlechtsakt, bei dem mir ein Kind gemacht wird, und ich es hinzunehmen habe. Es erregt mich.“

„Liebes, ich möchte dir dein Glück nicht nehmen. Aber bist du denn glücklich? Du hast eben sehr geweint, so wie ich es bei dir noch nie erlebt habe. Es kann also nicht alles nur Friede Freude Eierkuchen – oder sollte ich sagen: Ficken Peitschen Verleihen – sein. Du hast doch etwas?“

„Miriam, mein großes Problem ist meine Liebe zu Alina, der Sklavin von Ellen. Ich gehöre Mark, Alina gehört Ellen. Sollte ich Mark verlassen oder er mich verstoßen, dann werde ich Alina nie wieder sehen. Bleibe ich bei Mark, muss ich meine Gefühle ihr gegenüber unterdrücken. Ich kann bestenfalls darauf hoffen, von ihr hin- und wieder einen liebevollen Blick aufzuschnappen.

Noch mehr bedrückt mich aber etwas anderes: Ellen verachtet Frauen und Lesben sowieso. Alina ist eine Lesbe. Ellen lässt ihre Wut und Verachtung ständig an ihr aus. Alina war früher einmal in Ellen verliebt, worauf sie von ihr versklavt wurde. Ich weiß nicht, wie belastbar Alina wirklich ist, aber auf Dauer kann kein Mensch so etwas aushalten. Ich habe Angst um das Leben von Alina.

Schau mal: Wenn ich als Sklavin von Mark nur Verachtung spüren würde, dann hätte das alles für mich keinen Sinn mehr. Ich glaube, dann würde ich mich auch nicht mehr gerne anderen Männern hingeben wollen."

„Ja und warum macht sie das mit? Wir sind ein freies Land. Bei uns gibt es keine Sklaverei mehr. Warum geht sie denn nicht einfach?"

„Miriam, bei mir wäre das einfacher: Ich verdiene mein eigenes Geld, habe meine eigenen Sachen, eine gute Ausbildung, diverse Kontakte, ein intaktes Elternhaus, einen einflussreichen Vater und bin ein paar Jahre älter als Alina. Ich könnte jederzeit gehen. Es würde mir schwerfallen, aber es dürfte mir gelingen.

Wohin sollte Alina denn gehen? So abgeschirmt wie sie bei Ellen lebt, hat sie vielleicht noch nicht einmal Eltern oder Geschwister. Wenn sie Ellen verlässt, steht sie mittellos auf der Straße. Möglicherweise hat sie nicht einmal Geld für ein U-Bahn-Ticket.

Ja und dann hat sie wahrscheinlich noch den gleichen Grund wie ich und der wiegt schwerer: Sie würde mich nie wiedersehen. Sie weiß nicht, wo ich wohne und wie ich heiße, und mir geht es umgekehrt genauso. Sie kann das auch nicht erfragen, denn eine solche Frage ziemt sich nicht. Sie würde lediglich Peitschenhiebe ernten."

„Oh je, jetzt verstehe ich dich, Liebes. Da trägst du aber wirklich was mit dir herum. Ach du Ärmste. Und ich wollte schon die ganze Zeit auf dem Mark herumhacken. Aber das ist ja was ganz anderes.“

„Weißt du, Miriam, in meinen Träumen wünsche ich mir immer, Alina wäre bei mir. Als Sklavin sehne ich mich nach jemandem auf gleicher Ebene, es geht also auch noch um etwas anderes als nur um Liebe. Es wäre schön, wenn eine zweite Sklavin an meiner Seite wäre. Verstehst du das?“

„Das verstehe ich sehr gut, Liebes. Normalerweise sind ja Männer und Frauen heute gleichberechtigt. Aber oft wünsche ich mir auch nur eine starke Schulter, an die ich mich einfach einmal anlehnen kann. Bei Paul finde die leider nicht, und wenn, dann nur ganz selten. Aber bei dir gibt es nur starke Schultern und wenig Gleichheit. Also ich kann deinen Wunsch komplett verstehen. Sag mal Liebes, müssten wir eigentlich nicht langsam…?“

„Oh ja, Schreck lass nach. Und hier in der Nähe ist es schwer ein Taxi zu bekommen. Mist! Vielleicht steht eins vor dem Sachsenhäuser Krankenhaus. Komm, lass uns schnell bezahlen und aufbrechen. Aber, ist auch egal. Er wird mich dafür bestrafen, aber das Gespräch mit dir war es mir wert.“

„Nein, Liebes, das akzeptiere ich nicht. Du rufst ihn jetzt an, und sagst ihm, du würdest dich ca. 15 Minuten verspäten. Ich bestelle uns gleichzeitig ein Taxi zum Eisernen Steg. Und dann werde ich schön mitfahren und deinem Mark genau erklären, warum du heute entschuldigt bist. Und wenn er das nicht akzeptiert, dann wird er mich eben auspeitschen müssen. Ok?“

Kiara lächelte. „Miriam, du weißt nicht, was du da sagst. Damit ist nicht zu spaßen, du würdest lediglich seinen Jagdtrieb wecken. Wenn du ihm so etwas auch nur andeutest, dann bekommst du noch heute die Peitsche, das ist so sicher, wie das Amen in der Kirche. Vielleicht willst du das ja auch? Du würdest in jedem Fall anschließend sehr gut durchgefickt nach Hause kommen. Oder auch erst in ein paar Tagen. Dann entsprechend von vielen Männern durchgefickt, kann auch ganz reizvoll sein.“

Miriam lachte auf. „Danke für die Warnung. Nein soweit wollte ich es nun doch nicht kommen lassen. Aber du wirst mich nicht davon abhalten können, ihn von deiner Unschuld zu überzeugen.“

„Na dann mal viel Spaß. Ich weiß jedenfalls schon genau, wie das darauffolgende Gespräch mit mir ausgehen wird. Und welche Bedeutung er der Aussage einer zweiten Frau und potenziellen Lügnerin beimessen wird. Nur seine Strafe kenne ich noch nicht. Aber mach dir darüber mal keinen Kopf, Miriam. Für mich war das ein sehr schöner Tag und Abend mit dir. Was bin ich froh, dir endlich einmal alles gesagt zu haben. Es ist nicht leicht, das so allein mit sich herumzutragen und es keinem erzählen zu können. Er wird mich nachher bestrafen, das ist sicher, und dazu hat er gegenüber seiner Sklavin ja auch das Recht, denn ich habe mich nicht an die heute mit ihm getroffene Vereinbarung gehalten. Meine und deine Gründe sind letztendlich völlig egal. Wie gesagt, ich ertrage die Strafe für das heutige Zusammensein mit dir gerne.“

Mark hatte am Abend noch diverse Geschäftsunterlagen durchzusehen und somit nicht viel Zeit. Er befestigte sie mit Handgelenk-Fesseln an der Decke und legte ihr ein Zaumzeug mit Nippel- und Schamlippen-Clips an und befestigte Gewichte daran. Dann ließ er sie für zwei Stunden mit sich und ihren Schmerzen allein, wobei er nicht vergaß anzumerken: „Eine Stunde für dein Vergehen, eine Stunde für die Lügen deiner Freundin. Mir wäre es ja auch lieber, sie würde ihre Strafe selbst verbüßen und dir somit eine ganze Stunde Leid ersparen. Dazu war sie aber scheinbar nicht bereit, oder soll ich sie eben noch schnell anrufen? Ich mache das glatt. Ok, ich sehe schon, du möchtest nicht. Eine komische Freundin hast du da. Meine Freunde und ich teilen alles, sogar ihre Sklavinnen.“

Solange noch die Rosen blühen

Marks Reise

Kiara fröstelte. Sie schob den Rollkragen ihres Pullis noch ein wenig höher. Es windete und die Luft war frisch. Auf dem Rasen sammelten sich die verwelkten Blätter der umliegenden Bäume.

Mit einer Heckenschere schnitt sie ein paar Rosen, um damit später ihr Zimmer zu dekorieren. Sie liebte Rosen, sie liebte diesen Garten. Vermutlich würden dies nun die letzten Blüten des Jahres sein.

Jeder Schnitt kam ihr vor wie ein Stich ins Herz. Sie war traurig, sie fühlte sich einsam.

Sie mochte Mark. Und sie mochte auch all das, was er und andere mit ihr anstellten. Er hatte etwas in ihr geweckt, was vom Kern her schon immer in ihr war, und was sie nun nicht mehr missen wollte.

Keine Frage, Schreiben war eine ihrer Leidenschaften geworden. Im Sommer hatte sie ihr erstes Buch begonnen. Aber nicht weniger genoss sie es, anderen Lust zu bereiten. Sie lächelte vor sich hin. Was kann schöner sein, als Menschen in jeder Hinsicht Freude zu machen? Die einen schätzen meine Essays und vielleicht in Zukunft auch meine Bücher, die anderen meinen Körper und die bedingungslose Art und Weise, wie ich ihn ihnen zur Verfügung stelle.

Doch ihr Herz war gebrochen. Sie vermisste etwas. Sie vermisste Liebe. Sie wollte nicht nur Respekt, Anerkennung oder gar Bewunderung. Sie wollte mehr als nur Lust spenden und Freude bereiten. Sie sehnte sich nach jemandem, der sie von ganzem Herzen mochte, so wie sie war, egal ob sie etwas tat oder nicht, egal ob sie sprach oder schwieg. Und den sie auch liebte.

Zu Mark schaute sie auf. Sie würde alles für ihn tun. Sie hatte ihn sehr gerne, aber sie liebte ihn nicht mit jeder Faser ihres Körpers.

Sie dachte an Alina. Wo mag sie wohl sein? Ob es ihr gut geht? Was würde Ellen wohl gerade mit ihr anstellen?

Eine Träne lief über ihren Mund. Gedankenlos wischte sie sie weg.

Niemals in ihrem Leben war sie einer Person so nahe gekommen, hatte sie sich so verstanden und angenommen gefühlt.

Sie hielt inne und lächelte. Sie erinnerte sich des Abends, als Michael Alina und sie auf der Party zu einer Lesbennummer aufforderte. Wie zögerlich sie damit begonnen hatten, weil es für sie beide viel zu intim vor diesen Zuschauern war. Und als erst die Peitschenhiebe von Ellen sie dazu brachten, alle Hemmungen fallen zu lassen, und sich ganz ihrer Liebe hinzugeben. Echter Liebe. Ein öffentliches Liebesbekenntnis sozusagen. Und sie erinnerte sich der Wut, mit der Mark am nächsten Tag die Peitsche auf sie niedergehen ließ.

Mark hatte sie vorher noch nie ohne direkten Grund bestraft. Er züchtigte sie, um sie zu erziehen, um sie gefügig zu machen, aber er strafte sie nicht sinnlos. Dies schätzte sie an ihm. An diesem Tag machte er eine Ausnahme. Dies zeigte ihr, dass er genau verstanden hatte, was zwischen ihr und Alina an diesem Abend gelaufen war.

Mark war konsequent, aber nicht brutal. Von Ellen konnte sie das nicht gerade behaupten. Kiara wischte sich eine weitere Träne von ihren Lippen. Sie mochte sich erst gar nicht vorstellen, wie Ellen Alina am nächsten Tag gepeinigt haben mag. Wenn Mark Bescheid wusste, dann Ellen erst Recht. Ellen wirkte kalt, aber sie konnte die Gefühle anderer lesen. Und für sie musste das Liebesbekenntnis ihrer Sklavin an eine andere Frau und Sklavin eine noch viel größere Beleidigung sein, als wie sich die Sache für Mark darstellte. Er hätte sich immer noch einreden können: Kiara ist meine Sklavin, sie ist mir hörig, aber daneben mag sie auch Frauen, und ich, Mark, schaue da gerne zu. Aber die Sklavin einer Frau, die eine andere Frau liebt? Die Strafe muss schrecklich gewesen sein.

Ach Alina! Wie gerne hätte sie sie jetzt bei sich gehabt. Zusammen lachen, reden, kochen, einkaufen, ins Kino oder auch ins Bett gehen. Sich gegenseitig spüren und streicheln. So sehr sie auch die ihr aufgebürdeten harten Sexualpraktiken, die Unterwerfung unter andere genoss: Nichts hatte sie jemals in ihrem Leben so tief berührt, wie die wenigen zärtlichen Momente mit Alina. Sie brauchte eben beides: Die beherrschende Dominanz eines Mannes und die liebevollen Zärtlichkeiten einer Frau.

Aber was sollte sie machen? Es war wohl ihr Schicksal. Sie war noch immer ein freier Mensch. Auch für Mark und sie galten die staatliche Rechtsordnung und die Regelungen zur Gleichstellung der Geschlechter. Im Prinzip hätte sie jederzeit gehen können. Aber solange sie mit Mark in Verbindung stand, sich ihm und seinen Bedingungen unterwarf, war sie sein Eigentum. Menschen wie Alina und sie, die anderen mit Leib und Seele gehören, können sich vielleicht ineinander verlieben, aber diese Liebe wird sich nicht erfüllen. Mark hatte diesen Konflikt wohl gespürt. Er hatte verstanden, dass sie und vor allem ihr Körper an diesem Abend nur einer Person gehörten, und zwar Alina. Und das in einem stärkeren Maße, als es ihm gegenüber jemals war.

Eine Trennung von Mark hätte den endgültigen und vollständigen Verzicht auf Alina bedeutet, eine Konsequenz, die viel schmerzhafter gewesen wäre, als all das, was man jetzt für sie vorgesehen hatte.

„Kiara!“

Kiara schreckte aus ihren Tagträumen auf. Am anderen Ende des Gartens stand Mark. Unter dem rechten Arm trug er eine Aktentasche, in der linken Hand einen kleinen Koffer.

„Kiara, ich bin sehr in Eile, ich habe einen dringenden Geschäftstermin in London. Ich komme erst in drei Tagen zurück. Bitte kümmere dich in der Zwischenzeit um das Haus!“

„Ok, kein Problem. Aber ich habe Angst in dem großen Haus so alleine.“

„Michael wird öfter nach dem Rechten sehen, ist kein Problem.“

Sie musste lachen. Sie wusste genau, wonach Michael dann sehen würde. Also war es wohl angebracht, die Heizung noch etwas aufzudrehen, damit sie nicht jedes Mal so viele Kleidungsstücke ablegen musste.

„Er hat gemeint, er freut sich schon auf euch beide.“

„Welche beiden? Wer ist denn außer mir noch da?“

Kiara blieb fast das Herz stehen. Waren es die eben noch vergossenen Tränen, die ihren Blick trübten. Sah sie richtig, oder wurde sie durch etwas getäuscht?

Sie versuchte sich zu konzentrieren, wischte sich noch einmal über ihr Gesicht, strengte ihre Augen an.

„Also ich muss jetzt weg, Kiara, und meinen Flieger kriegen. Wir sehen uns dann in drei Tagen.“

Kiara war sprachlos. Sie blieb wie angewurzelt stehen. Mark setzte sich in seinen Wagen und fuhr fort, ohne dass Kiara ihm noch ein paar Grüße oder Wünsche hätte hinterherrufen können.

Langsam löste sich ihre Anspannung, ihre über Wochen aufgestaute Sehnsucht plumpste zu Boden, Rosen und Schere hinterher, ihre Beine bewegten sich wieder, langsam zunächst, doch dann umso unaufhaltsamer.

„Alina!“ Kiara schrie ihren Namen hinaus, und dann kamen sie auch schon aufeinander zugelaufen, schlossen sich in die Arme, küssten sich, drückten sich. Zwei Körper verschmolzen ineinander.

Nach einer Weile löste sich Kiara ein wenig: „Wo ist Ellen?“

„Ich weiß es nicht. Mark hat mich heute bei Ellen abgeholt. Ellen war in den letzten Wochen sehr brutal und gemein zu mir. Ich glaube sie hasst mich. Auch sprach sie ständig davon, mich zu verstoßen, ich wäre nicht würdig, ihre Sklavin zu sein. Sie hat gedroht, mich zu verkaufen. Vielleicht bin ich das ja?"

„Du meinst?" Kiara und Alina grinsten sich beide an.

„Ich weiß es nicht", fuhr Alina fort. „Ich weiß nur, dass Mark mich heute abgeholt hat. Ich will da noch keine voreiligen Schlüsse draus ziehen, denn gesagt hat er mir nichts, und ich wollte ihn nicht gleich provozieren und Fragen stellen. Aber ich kann mir nicht vorstellen, dass Ellen mir einfach eine Freude machen will. Das wäre überhaupt nicht ihr Stil."

„Komm, lass uns die Rosen und die Schere holen und dann gehen wir ins Haus und machen es uns drinnen gemütlich. Es ist heute ziemlich lausig hier draußen. Ich möchte unbedingt alles von dir erfahren, auch wie es dir seit der Party ergangen ist. Mark war zum ersten Mal ziemlich brutal zu mir, ich habe dabei die ganze Zeit an dich gedacht und immer gehofft, Ellen würde nicht ihre ganze Wut an dir auslassen. Ja und dann müssen wir uns wohl auch noch ein wenig vorbereiten, Michael soll nachher noch vorbeikommen, und wie es ausschaut, will der uns beide haben. Da können wir nicht in Herbstklamotten herumlaufen."

„Mark sprach im Auto eben auch bereits von Michael. Du weißt, dass ich mir, anders als du, überhaupt nichts aus Männern mache. Bei Ellen habe ich das von denen mit mir machen lassen, weil das für sie war. Weißt du, dass ich mich riesig darauf freue, von Michael zusammen mit dir genommen zu werden. Ich kann mich bei so was sehr gut fallen lassen. So ist mir das auch auf der Party schon gegangen. Je mehr die uns gemeinsam rangenommen haben, desto näher war ich dir. Da war auf der Party so ein älterer Fettwanst, der hat mich total angeekelt, ich fand den widerlich, auch war ich für den fast zu eng gebaut, ich weiß nicht, ob du dich noch daran erinnern kannst, aber wir mussten uns beide nebeneinander vor ihm hinhocken und dann ist der erst in dir gekommen und dann ist er in mich rein und dann nach einiger Zeit hat er auch in mich reingespritzt. Für mich war das wie eine Vereinigung mit dir. Ich habe jede Sekunde davon genossen. Schade, dass er nicht noch mal konnte, ich hätte das den ganzen Abend so weitermachen können. Je abstoßender so ein Typ für mich ist, desto mehr kann ich es genießen, weil ich mich dabei umso mehr für dich hingebe und dir nahe sein kann."

Kiara nahm sie in ihre Arme und küsste sie auf den Mund. Noch nie hatte ihr jemand ein schöneres Liebesbekenntnis gemacht.

„Ich freue mich übrigens auch darauf, von Michael gemeinsam mit dir gefickt zu werden. Und weißt du auch warum? Ich fühle mich Michael ein wenig gegenüber verpflichtet. Irgendwie hat der uns doch beide zusammengebracht. Der hat doch als erster begriffen, was da zwischen uns lief. Ich finde, der sollte ein ewiges Recht auf uns beide haben."

Alina lachte und küsste ihre Freundin. „Stimmt! Soll er haben. Der darf sich auch bei mir alles holen."

Im Haus angekommen zogen sie sich rasch aus, um sich gegenseitig zu schminken, die Haare zu machen, ihre Körperhaare zu entfernen und was es sonst noch bedurfte, um für Michael bereit zu sein. Mark würde es sofort erfahren, wenn sie nicht rechtzeitig verfügbar gewesen wären. Aber beide liebten es ohnehin, sich mit dem Körper der anderen zu beschäftigen. Und diesmal war es besonders reizvoll, da sie nun ungestört dabei von sich erzählen konnten.

Michael traf am Nachmittag ein, um sie beide für etwa zwei Stunden zu benutzen, danach aßen sie etwas zusammen. In den nächsten beiden Tagen wiederholte sich der Ablauf. Mark hatte Kiara einmal erklärt, es sei nicht gut, eine Sklavin für mehrere Tage sich selbst zu überlassen. Eine Sklavin müsse regelmäßig beherrscht und benutzt werden. Wenn er nicht da sei, werde er stets für einen Stellvertreter sorgen.

In den Nächten schliefen beide engumschlungen miteinander, wobei sie sich vorher mit ihren Zungen gegenseitig zum Höhepunkt brachten. Kiara genoss diese Momente, aber sie plagte auch ein schlechtes Gewissen. Am letzten Abend vor

Marks Rückkehr, als sie wieder ganz entspannt und schläfrig in Alinas Armen lag, nahm sie sich endlich ein Herz:

„Alina, ich muss dich etwas fragen. Es gibt etwas, was mir Sorgen bereitet. Versteh mich bitte nicht falsch, ich genieße jede Sekunde mit dir. Aber wenn ich von dir zum Höhepunkt gebracht werde, dann habe ich ein schlechtes Gewissen. Ich habe Mark versprochen, alle meine Orgasmen ihm oder den von ihm beauftragten Personen gegenüber abzuliefern. Ich fand es sehr sehr schön mit dir. Aber eigentlich hätte ich gar nicht kommen dürfen und ich weiß nicht, was Mark macht, wenn er dahinter kommt. Du scheinst da keine Probleme mit zu haben. Hattest du Ellen so etwas nie versprechen müssen?“

„Doch, natürlich. Bei mir war es sogar noch viel strenger. Manchmal nahm mich Ellen einen ganzen Abend vor. Sie stimulierte mich und ich musste ihr sagen, wie weit ich bin. Wenn ich kurz davor war zu kommen, hat sie aufgehört, ja sogar Eis aus der Tiefkühltruhe geholt, um meine Klitoris wieder abzukühlen. 10 Minuten später ging dann alles wieder von vorne los. Ein Abend war besonders schlimm. Da hat sie mit zwei Freundinnen die Herr-der-Ringe-Trilogie geschaut und dabei wurde ich die ganze Zeit bis kurz vor den Orgasmus gefingert. Mein Lohn war dann, alle drei zu entspannen. Ich habe mich die ganze Nacht hin- und hergewälzt und die beiden folgenden Nächte ebenso. Ich war total überdreht. Wie froh war ich, als ich dann einem Kerl vorgeführt wurde. Ich glaube der hat sich mächtig gewundert. Der war noch nicht ganz in mir drin, da bin ich gekommen.“

„Ja, aber warum gehst du dann jetzt so locker damit um?“

„Ach ich will dich so sehr und ich nehme mir jetzt einfach mal das Recht heraus, weil ich mich momentan keinem verpflichtet fühle. Eine innere Stimme sagt mir, dass ich nicht mehr die Sklavin von Ellen bin, aber Mark hat auch noch nichts gesagt, deshalb weiß ich nicht, an welche Regeln ich mich halten soll. Aber du hast schon Recht. Ich bin egoistisch. Ich bringe dich damit in Gefahr. Wenn Mark herausbekommt, dass wir es zusammen treiben, dann ist die Hölle los. Was hältst du davon, wenn wir uns nur liebkosen und immer nur bis kurz davor bringen. Ich bin das ohnehin so gewohnt. Ich wusste schon gar nicht mehr wie es ist, nach einem Orgasmus einzuschlafen. Wir haben uns lieb und spielen an uns herum und überlassen ihnen den Rest. Was hältst du davon? Was können wir dafür, wenn wir bei den Kerlen kommen, ist es nicht das, was die immer wollen? Ich werde mir dann vorstellen, du bist es."

Kiara war gerührt. Sie küssten sich die halbe Nacht. Und fortan machten sie es genau so.

Marks Rückkehr

Mark kehrte am nächsten Abend zurück. Vorher hatte sich Michael noch ein letztes Mal ihrer bedient. Anschließend legte er ihnen Handgelenk-Fesseln an und hängte sie an der Decke auf. Sie trugen lediglich Schmuck, Halsband, Busenkette, Strapsgürtel, halterlose Strümpfe und Stiefeletten. So warteten sie auf Mark, der dann etwa eine halbe Stunde später auch eintraf. Mark lächelte gequält, als er die beiden so sah.

„Na da hat Michael euch beide ja sehr hübsch für mich vorbereitet. Leider bin ich überhaupt nicht in Stimmung. Ich fühle mich, als bekäme ich eine Erkältung. Kopfschmerzen habe ich auch, was ich sonst nicht kenne. Kommt ihr beiden, ich weiß nicht wie lange ihr hier schon so hängt, aber auf jeden Fall reicht es jetzt. Ich mache euch eure Fesseln und Ketten ab und dann Alina, zieh dir bitte ein bisschen mehr an und schau mal, was noch zu Essen da ist. Ich werde erst einmal ein heißes Bad nehmen, vielleicht geht es mir dann schon besser.

Kiara, kannst du dich bitte um mein Bad kümmern. Und ziehe bitte deine Kleidung aus."

Wenig später lag Kiara mit Mark in der Wanne und massierte ihm den Nacken und die Schultern. Mark schien dabei fast einzuschlafen, so dass sie sich schließlich ausruhte und ihren Kopf auf seine Schultern legte.

„Welch ungebührliches Verhalten für eine Sklavin“ hörte sie ihn sagen. „Aber ich sehe schon die ganze Zeit: du hast eine Menge Fragen. Ich bin heute etwas angeschlagen und will mal nicht so sein. Also schieß los.“

„Entschuldigung Mark, ich habe für einen Moment die Kontrolle verloren. Sorry. Ja, ich habe ein paar Fragen, die mir auf der Zunge brennen. Du erinnerst dich an die Party im Sommer, als Alina und ich von Michael aufgefordert wurden, eine Lesbennummer vorzuführen. Wir waren erst sehr zurückhaltend, aber dann nach Ellens Peitschenhieben haben wir uns gehen lassen. Am nächsten Tag hast du mich sehr lange und intensiv bestraft. Für mich war damit klar: du wirst nicht dulden, dass Alina und ich Gefühle füreinander entwickeln. Ich habe Alina sehr gerne, aber für mich stand seitdem fest, dass ich nur noch von ihr träumen kann. Und nun ist sie hier. Hast du deine Meinung geändert? Und warum ist sie nicht bei Ellen?“

„Als wenn ich es geahnt hätte. Also zunächst einmal. Kiara, ich mag dich sehr gerne und zwar alles an dir. Du bist intelligent, siehst sehr gut aus, weißt dich zu bewegen und bist willig. Auch bist du mittlerweile sehr gut erzogen. Was kann sich ein Mann mehr von seiner Sklavin wünschen. Ja doch, manchmal wünsche ich mir, mit dir ein Kind zu haben, aber vielleicht warten wir damit noch ein wenig.“

Kiara schmiegte sich etwas fester an ihn an.

„Allen meinen Freunden und Bekannten geht es übrigens ganz ähnlich. Alle sind ganz heiß auf dich. So eine wie dich hatten wir noch nie. Auch ist es noch keiner gelungen, Dr. Feldmann milde zu stimmen. Doch jetzt zu dir und Alina. Ellen und mir war schon länger klar, dass da zwischen euch was läuft. Man musste bei eurer Lesbennummer nur auf eure Blicke achten. Ich will mich nicht zwischen euch stellen, du würdest mich auf Dauer hassen. Das will ich nicht riskieren, denn dafür mag ich dich zu sehr. Ich kann damit leben, wenn du sie mehr liebst als mich. Die großen Gefühle kommen und gehen, ich bin aber nicht der Typ dafür. Ich bin mehr ein Kopfmensch. Und ich bin sehr konsequent und verbindlich.“

„Ja aber warum hast du mich dann damals so bestraft?“

„Ich sagte es schon, ich bin sehr konsequent und verbindlich. Ich habe kein Problem damit, wenn ihr euch auf einer Party nach energischer Aufforderung dann schließlich auch so benehmt wie zwei, die sich offensichtlich gefunden haben. Aber Kiara, ich kenne dich nun schon lange genug. Ich habe dich mehrfach auf der Sybian-Maschine erlebt, ich sehe dir genau an, wann es bei dir so weit ist. Du bist an diesem Abend bei ihr gekommen, und genau dazu hattest du kein Recht. Und dazu hast du auch heute kein Recht!“

Kiara schwieg.

Mark grinste. „Ich glaube es wäre besser, wenn du mir gleich alle weiteren Verfehlungen nun auch noch mitteilst.“

„Wir haben in den letzten drei Nächten zusammen geschlafen und ich bin jedes Mal gekommen.“ prustete es aus Kiara fast atemlos heraus.

„Und was ist mit Alina?“

„Die auch. Aber wir haben gestern Abend im Bett noch lange miteinander geredet und wollen das nicht mehr tun. Ganz ehrlich. Ich schwöre.“

„Ach was sind schon die Schwüre einer Frau wert? La donna è mobile! Wie auch immer, du musst nichts schwören, was ohnehin einzuhalten ist. Insoweit ist dein Schwur wertlos. Du hast deine Orgasmen bei mir oder bei meinen Freunden abzuliefern, und da gibt es auch nicht die winzigste Spur einer Ausnahme. Ich werde mich dem Thema nachher noch widmen.“

Kiara schluckte. Sie wusste, was das zu bedeuten hatte. Sie durfte nicht erwarten, dass ihr aktuelles dreimaliges und unabgesprochenes Vergehen nun milder geahndet würde, als das einmalige fast aufgeforderte Übertreten der Regeln beim letzten Mal.

Als hätte er ihre Gedanken erahnt: „Aber da ihr euch ja so liebt, werde ich euch entgegenkommen und euch zusammen behandeln. Das müsste doch eigentlich für euch beide dann ganz leicht zu ertragen sein. Hehe. Ach ja: Alina ist jetzt meine Sklavin, ich habe sie Ellen abgekauft. Ich habe vor, euch meist zusammen anzubieten. Aber wie es aussieht, braucht Alina wohl noch etwas Schliff. Vielleicht lasse ich sie mal eine Woche bei Viktor am Hauptbahnhof oder besser noch auf dem Straßenstrich anschaffen gehen, damit sie nicht länger auf dumme Gedanken kommt. Ihr könnt euch natürlich auch die Arbeit teilen, vier Tage du, vier Tage sie. Liebe soll ja Berge versetzen können. Aber lass mal, es ist schon entschieden. Eine Woche Straßenstrich für Alina. Bei dir bringt das nichts, du hast nichts gegen Männer, und die eine Nacht bei Viktor war scheinbar nur eine kleine Aufwärmübung für dich. Alina ist eine Lesbe, für die ist das eine echte Herausforderung. Ist übrigens auch ein Teil meines Vergnügens dabei. Ellen hat sie mir schon ein paar Mal angeboten. Es ist ziemlich geil, es mit einer zu treiben, die nicht auf Männer steht."

Auch wenn Kiara schockiert darüber war, was Mark mit Alina vorhatte und sie ihr schon ganz schrecklich Leid tat, musste sie bei seinen letzten Worten doch ein wenig schmunzeln. „Na wenn du wüsstest, was Alina dabei so alles empfindet und an wen sie denkt, wenn du sie irgendwelchen Männern auf dem Straßenstrich zum Fraß vorwirfst", dachte sie stumm in sich hinein. „Unsere Liebe und Hingabe ist stärker als alle Strafen und Qualen, die du für uns vorgesehen hast."

„Mark, noch eine Frage. Woher weißt du das mit Dr. Feldmann?"

„Mädchen, die wir bei Dr. Feldmann zur Behandlung abgeben, sind für die nächsten Tage kaum mehr zu gebrauchen. Mir hat er ein Energiebündel zurückgegeben. Was würdest du daraus folgern? So, nun aber genug der Worte, das Bad hat mir gut getan. Rufe bitte Alina, und dann bückt euch beide hierher. Ich will mich noch ein wenig an euch vergnügen."

Sie machten ihre Sache gut. „Ihr seid perfekt eingeritten. Auf Michael ist Verlass. Ich verstehe nicht, warum manche Männer ihre Frauen für sich allein haben wollen. Regelmäßige Fremdbenutzung erhöht doch den Spaß, den man an ihnen hat!"

Am späten Abend hängte Mark die beiden wieder so an die Decke, wie er sie nach seiner Rückkehr vorgefunden hatte. Allerdings trugen sie nun weder Schuhe, Strümpfe noch Strumpfhalter. Zwei Stunden lang widmete er sich ihnen. Zum Schluss brachte er sie noch jeweils dreimal bis an den Rand eines Höhepunktes, um sie schließlich von ihren Fesseln zu befreien. „Das werdet ihr in Zukunft jeden Abend vor mir selbst machen, damit ihr lernt, was sich gehört und wann ihr mit euren Zungen oder Fingern aufzuhören habt. Ich möchte mich auf Parties nicht wieder mit euch blamieren müssen. Ich bin euch sehr weit entgegengekommen, und zwar weit über das hinaus, was Sklavinnen normalerweise zugestanden wird. Bitte enttäuscht mein Vertrauen nicht. Eure Sexualität gehört ausschließlich mir und den Personen, denen ihr zugeführt werdet. Es wird kein Pardon mehr geben. So, nun aber ab ins Bett mit euch."

Er gab ihnen jeweils einen festen Klaps auf den Po. Kiara liebte es, wenn er so war. Sie fühlte sich dann immer ganz besonders weiblich. Seine gleichzeitige Dominanz ihr und Alina gegenüber verstärkte diesen Eindruck noch. Ein Mann, der sich gleich zwei Frauen als Sklavinnen hielt, musste ein sehr starker und männlicher Mann sein, und das machte seine Frauen automatisch weiblicher.

„Ich hoffe sehr, dass es in den nächsten Wochen mit euch deutlich besser läuft. Ich habe anderes zu tun, als mich um euren Weiberkram zu kümmern." Mit diesen Worten ließ er sie zurück.

Alina lachte: „Keine Sorge, er wird sich um unseren Weiberkram nicht mehr kümmern müssen. Kiara, mein Traum war es immer, mit einer Frau zusammen und zärtlich zu sein, vielleicht sogar einmal mir ihr gemeinsam Kinder großzuziehen, den ganzen Tag Weiberkram zu machen. Ich finde das auch nicht unwichtiger als das was die Männer machen. Aber wenn der Preis dafür ist, dass ich die Kerle ein paar Mal am Tag in mich reinlassen muss, dann will ich das liebend gerne auf mich nehmen."

Kiara und Alina nahmen sich in die Arme und küssten sich. Dann sanken sie völlig erschöpft ins Bett. Alina wollte noch ein wenig Kiaras Körper liebkosen, aber diese hielt ihre Hand zurück. „Bitte nicht, Liebstes, ich komme sonst sofort, schon eine falsche Bewegung und es ist soweit. Und du weißt, ich würde es Mark doch wieder erzählen, es hat keinen Zweck, und ich glaube, es ist auch besser so. Lass uns nur noch zärtlich miteinander sein." Während sie sich intensiv küssten, spürte Kiara eine tiefe Zufriedenheit und auch Kraft in sich. Sie wollte schreiben, sich ausdrücken. Und sie wollte mit ihrem Körper anderen Menschen Lust bereiten. Doch in Zukunft würde sie dabei nicht länger einfach nur Objekt sein. Andere würden all das mit ihr tun, was ihr unmittelbar verwehrt blieb. Jedes Eindringen in ihren Körper würde für sie nur eine weitere Liebkosung Alinas sein. Sie würde sich anbieten und öffnen und dabei Liebe geben und empfangen. Mit einem Gefühl des Glücks und ihren Körper an den Alinas gedrückt schlief sie schließlich ein.